원(願) : 강원 테마 소설집

김윤지

Kalon

'강원도'가 강릉의 '강'과 원주의 '원'을 따서 만든 이름이라는 사실 알고 계셨나요?

저는 이 책을 준비하면서 알았어요. 1395년 조선시대, 강릉에 대도호부사를, 원주에 목사를 두면서 두 지역을 강원도의 중심으로 삼았다고 해요. 하지만 계속 '강원'도로만 불렸던 건 아니에요. 불효, 역적, 윤리도덕 등에 위배되는 중죄인이 나오면, 그 사람만 처벌하는 게 아니라 그 지역의 등급도 낮추고 그 지역 글자를 '도' 이름에서 빼버렸대요. 사람과 공간을 같이 생각했다는 점이 흥미롭더라고요.

이 책은 강원문화재단의 '강원다운작품개발지원' 사업으로 만들어졌어요. 강원도의 문화 자원과 사회적 이슈를 담은 새 예술 작품 개발을 2년간 단계별로 지원하는 사업인데요, 1년 차였던 2024년에는 조사와 연구에 집중했고, 올해는 실제 작품을 창작하고 이렇게 책으로 만들었어요.

저는 강원도 문화 자원을 대표할 수 있는 다섯 지역으로 양구, 강릉, 횡성, 태백, 속초를 정했어요. 그리고 그곳에 가서 보고, 듣고, 체험하고, 느낀 일을 바탕으로 단편소설 다섯 편을 기획했어요. 소설집 제목으로는 자연스럽게 '원'이 떠올랐죠.

'원'은 강원(江原)의 '언덕 원(原)'과 발음이 같은 '원할 원(願)'이에요.

이야기는 결국 사람들이 원하고 바라는 욕망에서 시작되잖아요. 그 '원'을 가진 인물들과 '원'에서 파생된 각기 다른 의미를 찾아 주제와 연결했어요. 1(처음), ₩(자본), the one(하나), 0/1(비트), ○(연결) 이렇게요.

제가 원하는 이야기는 '기술로 발생하는 사회 문제와 그 속에서 변하는 인간관계의 본질'이에요. SF 장르를 선택했지만, 과학 소설(Science Fiction, Sci-Fi)보다는 사변 소설(Speculative Fiction)에 가까워요.

'사변(思辨)'은 경험이 아닌 사유로 인식에 도달하려는 태도를 말하는데요, '만약 이런 상황이라면?', '이것이 인간에게 무엇을 의미하는가?' 같은 질문을 던지기 위해 과학 기술을 배경이나 핵심 소재로 삼는 장르예요.

이전 UMZIPS 책처럼 이번에도 네 분의 개성있는 미술 작가님들이 각 소설에 맞는 삽화를 그려주셨어요. 그리고 소설 뒤에 각 지역에 관한 이야기와 정보를 덧붙였으니, 그 부분도 함께 즐겨주시면 좋겠어요.

아, 혹시 "다섯 편을 기획했다면서 왜 네 편만 실렸을까?" 궁금하신 분이 계신가요? 그렇다면 벌써 제 다음 독자님이시네요.

속초 바다를 테마로 한 이야기는 단편 분량보다 길어서 좀 더 숙성시킨 후 장편으로 만들어볼 생각이에요.

어느덧 세 번째 책이네요. 아직도 '작가'라는 호칭이 쑥스럽지만, 매번 조금이라도 성장하고 있다고 믿으며 계속 써보려고 해요. 아직 이야기로 만들어지기 원하는 세계와 인물들이 제 안에 많거든요.

끝으로 이 책을 펼치신 모든 독자님께 감사드리며, 앞으로도 좋은 인연으로 오래 만나기를 바라요.

2025년 늦가을

UMZI Creative Lab.

김윤지 드림

차례

선우와 지안

hear & here, heroes

2월 중순, 계절에 어울리지 않는 장대비가 내리는 밤이었다. 선우는 수변 산책길에서 가람교 윗길로 이어지는 계단 마지막 칸에 올라섰다. 보이는 거라고는 검은 물웅덩이 속에서 일렁이는 주황 가로등 불빛이 전부였다.

　선우는 걸음을 멈추고 갈 길을 살폈다. 연락을 받자마자 급하게 나오느라 발에 걸리는 대로 신고 나온 게 양가죽 신발이었다. 신발 가장자리가 빗물에 젖어 짙게 변해 있었다. 발끝을 감싼 양털 안감은 아직 보송했다. 조심해서 걷는다면 더 젖지 않고 집까지 돌아갈 수 있을 듯했다. 우산 손잡이를 가슴에 단단히 붙이고 물이 가장 얕은 곳을 골라 발을 디뎠다.

　튀어나온 보도블록을 징검다리 삼아 신중히 걷던 선우가 갑

자기 고개를 홱 돌렸다. 무슨 소리가 들린 듯했다. 헤드폰을 벗자 전자기타 소리만큼 강렬한 빗소리가 사방을 에워쌌다. 잘못 들었겠지. 빗소리를 뚫고, 노이즈 캔슬링 헤드폰 가득한 메탈 음악까지 찢고 들릴만한 소리는 없었다.

혹시나 하는 마음에 뒤를 다시 살폈다. 4차선 도로에서 갈라지는 골목이 보였다. 잠시 기다렸지만 아무 움직임도, 소리도 없었다. 선우는 헤드폰을 다시 쓰고 발을 옮겼다.

촥! 승용차 한 대가 갓길에 고인 빗물을 빠르게 훑고 지나갔다. 솟구친 검은 물이 정확히 선우를 덮쳤다. 신발, 바지, 검은색 패딩, 휴대폰을 쥔 손까지 적신 후 차가운 무언가가 가슴에 스며들었다.

우산을 놓친 선우가 뒷걸음질치다 발이 닿은 곳은 여러 물줄기가 합쳐지는 길목이었다. 더 큰 첨벙 소리와 함께 선우의 발이 완전히 젖었다. 선우는 그 자리에 한동안 그대로 서 있었다.

그날 밤 선우는 밤새 고열에 시달리며 몸을 떨었다. 결국 새벽에 구급차에 실려 대학병원 응급실까지 가게 되었다. 의사는 독감이라고 진단했지만 다음 날 상태가 더 나빠져 중환자실에 입원해야 했다.

다방면으로 인맥이 넓은 아버지가 이곳저곳 수소문한 결과, 다행이도 선우는 2주 만에 열이 내리고 기력을 회복해 오늘 수

영고등학교 개학일에 맞춰 등교할 수 있었다.

*

선우가 2학년 3반 교실 뒷문으로 들어서자 애들은 저마다 놀라거나 신기해하는 표정을 지었다. 여자애들은 수다 중간중간 선우에 관한 이야기를 복화술처럼 끼워 넣었다. 떠도는 소문과 추측들이었다.

"와, 이선우 우리 반이야?"

복도에서 목소리가 들려왔다. 머리카락을 갈색으로 물들이고 여드름 자국을 파우더로 가린 아현이 교실로 들어왔다. 아현은 아직 비어 있는 선우 옆자리에 털썩 앉았다.

"메이크업했네? 웬일?"

아현이 물꼬를 트자 눈치만 보던 여자애들이 선우 주변으로 몰려들었다.

"선우야, 안녕. 우리 작년에 같은 반이었는데. 기억나?"

"머리 잘랐네? 단발 너무 예쁘다."

"방학 때 어디 갔었어? 좀 탔네?"

"음악 뭐 들어? 맨날 헤드폰 쓰고 있어서 궁금해."

"선우야, 너 밴드부는 그만 뒀어?"

쾅, 아현이 책상을 내려쳤다.

"좀 떨어져. 선우 숨도 못 쉬겠다."

선우 주위를 두세 겹 둘러싸던 애들이 한발 물러섰다. 아현이 조용해진 틈을 타 말을 걸었다.

"선우야, 오늘은 수업 다 듣고 갈 거야? 그럼 우리 이따가……."

앞문이 열리고 갈색 체크무늬 재킷을 입은 남자가 들어왔다.

"이 반 아닌 애들은 다 나가라."

선우 주위 절반이 교실을 빠져나갔다. 다부진 체격에 짧은 머리를 단정하게 빗어 넘긴 깔끔한 인상의 교사였다. 그는 칠판에 자기 이름과 과목명을 쓰고 교실을 쭉 훑어봤다. 마지막으로 교탁 앞 빈자리를 보더니 복도를 향해 손짓했다.

"전학생이 있다. 홈스쿨링만 했으니 학교생활 잘 적응하도록 도와줘라."

담임이 다시 복도를 향해 들어오라는 손짓을 했다. 여학생 한 명이 쭈뼛거리며 들어왔다. 가장 먼저 눈에 띄는 건 허리까지 오는 긴 머리카락이었다. 풀어헤친 긴 머리는 관리가 안 된 요크셔테리어 털 같았다. 앞머리 또한 길어 둥근 안경 절반을 덮었다. 얼굴은 거의 보이지 않았는데, 그나마 보이는 코와 턱이 뾰족하고 하얬다. 흰 피부 때문인지 얇은 입술이 더욱 붉게 느껴졌다. 교실에 침묵이 흘렀다. 다들 전학생의 묘한 분위기를 긍정적으로 받아들여야 할지, 부정적으로 여겨야 할지 고민하는 눈치였다.

"자기소개하고 여기 앉아."

담임이 맨 앞 빈자리를 가리켰다.

"하지안입니다."

지안이 고개를 푹 숙였다. 긴 머리카락이 바닥에 닿을 것 같았다. 선우는 지안과 눈이 마주쳤다. 지안의 입꼬리가 살짝 올라갔다. 선우는 뭔가 불편했다. 지안은 다른 소개 없이 빈 자리로 갔다. 선우는 손가락으로 머리카락을 빗어 넘겼다. 탄력 있는 머리카락 끝을 쥐고 손끝을 간질였다.

담임은 지안이 자리에 앉는 것을 보고 출석부로 시선을 옮겼다. 담임의 미간이 살짝 좁혀지며 무언가 중얼거렸다. 선우는 그 모습을 놓치지 않았다. 달콤한 냄새와 함께 갑자기 얼굴이 확 달아올랐다.

재수 없는 새끼. 선생 같지도 않은 새끼. 얼굴에 침을 뱉고 싶다.

시작됐다. 자기 생각이 아닌, 끊어낼 수 없는 목소리가 들렸다.

손톱으로 피부를 모두 긁어낼 거야. 눈알을 뽑고, 입도 찢어버리면.

잔인한 상상이 꼬리를 물었다. 당장에라도 담임 얼굴에 손톱을 박아 넣고 싶어하는 손을 책상 아래로 억지로 밀어 넣었다. 종아리를 교차하고 바닥을 힘껏 눌렀다. 정신을 놓으면 갑자기 뛰쳐나가 버릴지도 몰랐다.

"어디 아파?"

아현이 작게 물었다. 선우가 겨우 고개를 끄덕였다.

스물여덟 명 중 출석부 자기 이름에 대답하지 않은 사람은 둘이었다. 선우는 아현이 대신 상태를 알렸고, 다른 한 명은 작년 겨울부터 이어진 장기결석생 오한나였다.

한 번만 더 소란을 부리면 말이 통하지 않는 외국으로 보내 버릴 거라는 아버지의 경고는 진심이었다. 선우는 집중할 것을 찾았다. 시계 초침은 너무 느렸고, 몸의 감각은 낯설었다.

문득 그 노래가 떠올랐다. 일 년 동안 계속 반복 연습했던 곡. 부드러운 어쿠스틱 주법에서 시작해 물 흐르듯 이어지는 영어 가사와 기타 스트로크 리듬이 자연스럽게 펼쳐졌다. 선우는 보컬과 코러스가 합쳐지는 후렴구를 주문처럼 되뇌었다.

낫띵즈 고나 체인지 마이 월드. 낫띵즈 고나 체인지 마이 월드.

담임이 나가자 목소리가 사라졌다. 선우는 책상 위로 완전히 엎드렸다. 등이 축축했다. 목에 걸고 있던 헤드폰으로 귀를 막았다. 밖의 소리가 멀어지며 밴드 사운드가 심장을 광광 울렸다. 긴장이 풀리자 한 가지 생각이 또렷해졌다.

최예솔을 찾아.

종례 후 선우는 교실을 박차고 나갔다. 최예솔. 머릿속엔 그 이름뿐이었다. 교문에 도착해 삼삼오오 짝지어 다가오는 애들을 바라봤다. 최예솔을 어떻게 찾아야 할지 막막했다. 한 명 한 명 붙잡고 이름이 뭐냐고 윽박지르고 싶은 걸 겨우 참았다. 눈을 부릅뜨고 명찰의 작은 글씨를 빠르게 훑었다. 그때 한 명에게 시선이 꽂혔다. 놓칠세라 달려가 팔짱을 꼈다. 최예솔. 흰 명찰에 적힌 이름이 맞았다. 예솔은 놀란 듯했다. 곁에 있던 여자애들 셋도 마찬가지였다. 선우는 예솔이 팔을 빼지 못하게 다른 손으로 한 번 더 팔을 꽉 잡았다. 그리고 사근사근 말을 건넸다.

"예솔아, 우리 집에 같이 갈래?"

"응?"

어리둥절한 예솔과 달리 세 친구는 부러움과 동경이 섞인 표정으로 선우와 예솔을 번갈아 바라봤다. 선우의 따스한 미소에 예솔의 표정이 점차 풀렸다.

"우리 다 같이?"

세 친구가 눈을 빛냈다. 선우의 길고 시원한 눈매가 둥글게 호를 그렸다.

"아니. 얘들은 다음에."

선우가 예솔을 데리고 교문을 나섰다. 예솔은 몇 번이나 뒤를 돌아보며 세 친구와 아쉬운 인사를 나눴다.

친구들과 다른 길로 접어들자 예솔은 마음껏 질문을 쏟아 냈다. 자기를 어떻게 알았는지, 왜 집에 초대하는지, 정말 아이돌 연습생은 아닌지, 다른 애들이 너를 뭐라고 부르는지 아는지 등 숨 돌릴 틈도 없이 궁금한 것들을 쏟아냈다.

선우는 어떤 질문에도 명확하게 대답하지 않았지만, 예솔은 선우와 함께 말을 주고받으며 걷는 것만으로도 신이 나 있었다. 예솔이 휴대폰을 꺼냈다. 이 기회에 선우의 연락처나 SNS를 알아낼 생각이었다.

그 순간, 외마디 비명과 함께 예솔 몸이 뒤로 확 끌려갔다. 선우와 팔짱이 풀렸음은 물론이고, 꼴사납게 엉덩방아를 찧을 뻔했다. 예솔은 재빨리 중심을 잡고 험악한 표정으로 뒤를 돌아봤다. 긴 머리에 삐쩍 마른 여자애가 자기 가방을 쥐고 있었다. 같은 교복에 명찰 색도 같았지만 모르는 애였다. 예솔이 가방을 벗으며 그 애의 팔을 거칠게 떼어 냈다.

"너 뭐야."

그 애는 땅만 보고 있었다.

"야!"

어깨를 밀었다. 종잇장처럼 보였는데 버티는 힘이 의외로 강했다. 예솔은 자기 몸집의 절반도 안 되는 애에게 얕잡아 보였다는 생각이 들자 자존심이 상했다. 예솔이 가방을 바닥에 세게 집어 던지며 외쳤다.

"야, 이 씨발년아."

그제야 그 애가 고개를 들었다. 겁먹기는커녕 입술 끝이 미세하게 올라가 있었다. 예솔이 손을 높이 추켜올렸다.

"잠깐"

선우가 끼어들었다.

"아는 애야?"

"우리 반 전학생. 하지안, 맞지?"

선우가 둘 사이로 들어갔다.

"예솔아, 오늘은 그냥 가야겠다. 나 애랑 할 얘기가 생겼어."

선우가 예솔을 등졌다. 예솔의 귀가 빨개졌다. 선우는 좀 전의 다정함은 온데간데없고 차갑고 냉정한 태도를 보였다. 예솔은 뭐라고 한마디 할 것처럼 주춤거렸지만, 결국 아무 말도 하지 못하고 가방을 집어 들었다.

예솔의 발소리가 충분히 멀어지고 선우가 지안에게 속삭였다.

"너 혹시 보여?"

지안의 입술이 살짝 움찔거렸다.

"보이는구나. 맞지?"

선우는 확신했다. 지안이 예솔을 잡아끈 순간 *이쪽으로, 좀 더*

오른쪽으로. 하며 자신을 끌어당기던 목소리가 감쪽같이 사라졌다.

지안이 천천히 입을 열었다. 낮고 서늘한 음성이었다.

"너 뭔데?"

선우는 들떠서 대답했다.

"난 들려."

선우는 자신을 괴롭히는 목소리로부터 해방될 수 있다는 생각에 심장이 세차게 뛰었다. 그리고 충동적으로 다음 말을 덧붙였다.

"없애 줘. 건당 오십 줄게."

오십은 아버지가 선거철마다 굿판에 내는 금액과 비교하면 아주 적은 비용이었다. 하지만 그게 지금 선우가 표현할 수 있는 최대한의 성의였다. 누구라도 이 머릿속 목소리들만 없애 줄 수 있다면 사는 게 즐거울 것 같았다.

지안이 피식 웃고 천천히 입을 뗐다.

"되게 웃기네."

안경 뒤 눈동자에서 묘한 빛이 어렸다.

선우가 다른 소리를 듣게 된 건 일곱 살 여름이었다. 어머니 유골함을 절에 모시러 간 날, 맑은 종소리를 따라 숲에 들어갔는데, 정신을 차려보니 병원이었다. 아버지 말로는 계곡물에 빠진 걸 건져냈다고 했다. 아무것도 기억나지 않았다. 게다가 귀까지 먹먹해서 사람들의 말을 잘 알아들을 수 없었다. 물이 덜 빠져서 그런가보다 했는데, 다음 날도 그대로였다. 며칠 후 귀가 뚫렸을 때, 세상은 달라져 있었다.

처음에는 그 목소리가 주변 사람의 말인 줄 알았다. 욕이나 원망, 저주 같은 소리들. 하지만 아무도 없을 때조차 그런 소리가 들려서 자기 생각인가보다 했다. 끔찍한 생각을 하는 못된 애. 선우는 자신을 그렇게 여겼다.

선우가 목소리의 정체를 확신한 건 열한 살 때였다. 핼러윈 파자마 파티에 초대받은 날이었다. 이불을 깔고 누웠는데 누군가 귀신 부르는 놀이를 하자고 운을 띄웠다. 서로 미루다가 다수결을 택했고, 선우와 다른 한 명이 귀신을 부를 사람으로 뽑혔다. 둘은 무리 내에 단짝 친구가 없는 애들이었다.

선우는 그 애와 종이 위에 수직으로 세운 연필을 맞잡았다. 애들이 일러주는 대로 주문을 외우고 손에 힘을 풀었다. 누군가 질문했다. 선우는 목소리를 들었다.

알면서 왜 묻는 거야? 너 알잖아, 너는 알잖아.

연필이 움직였다. 애들의 비명과 웃음이 동시에 터졌다.

둥근 원이 그려졌다. 한 번, 두 번, 세 번.

'이선우, 장난치지 마.'

손을 맞잡은 애가 하얗게 질린 채로 외쳤다. 선우가 고개를 저었다.

'내가 하는 거 아니야.'

동그라미는 계속 그려졌다. 선우 머릿속에서 깔깔대는 웃음이 이어졌다. 선우의 입꼬리가 그 웃음을 따라 올라갔다. 맞은편 애가 비명을 지르며 연필에서 손을 뗐다. 선우도 곧바로 연필을 놓았다.

순간 정적이 흘렀다. 연필은 저 혼자 한 번 더 원을 그리고 쓰러졌다.

질문은 '귀신이 정말로 있나요?'였다. 선우는 목소리의 정체를 확실히 알게 됐다. 귀신이었구나.

애들은 부모에게 귀신을 봤다고 하는 대신, 선우가 이상하다고 말했다. 선우는 일주일 동안 결석했고, 그 사이 도망치듯 이사와 전학 수속을 마쳤다. 유명한 무당에게 누름 굿까지 받았지만 다른 목소리가 들리는 것은 여전했다. 하지만 걱정하는 아버지를 위해 더는 그런 소리가 들리지 않는다고 거짓말했다.

이후 선우의 모든 행동은 '분노조절장애'로 여겨졌다. 심리상담도 신경정신과 약도 도움이 되지 않았다. 그런데 지안을 만나 희망이 생겼다. 물론 오래가지는 않았지만.

　다음 날, 선우가 교실에 들어서자 아현이 기다렸다는 듯 달려와 앞을 막아섰다. 아현이 뭔가 말했지만, 음악 소리에 묻혀 들리지 않았다. 선우가 헤드폰을 벗었다.

　"어제 너랑 같이 갔던 애, 최예솔. 걔 교통사고 당했대."

　아현의 입꼬리가 순간 빙긋 올라가는 듯했다.

　니가 그랬지? 너 때문이잖아. 나쁜 년. 재수 없는 년.

　선우는 그 말이 또렷이 들렸다. 하지만 확신할 수 없었다. 아현의 말 같기도, 자기 생각 같기도, 귀신 목소리 같기도 했다. 혼란스러울 때 택하는 방법은 '무시'였다. 선우는 헤드폰을 다시 쓰고 표정 변화 없이 자리에 앉았다. 아현은 더 따라붙지 않았다.

　선우는 다른 애들이 자기를 어떻게 부르는지 잘 알고 있었다. 예쁜 또라이. 생긴 건 인형처럼 예쁜데 맥락 없는 말과 행동을 해서 붙여진 별명이었다. 선우는 피식 웃었다. 지금은 또 얼마나 또라이처럼 보일지 걱정스러웠다. 하지만 웃지 않고는 견딜 수 없었다.

　선우 앞에 그림자가 드리워졌다. 하지안이었다.

　둘은 동아리실이 모여 있는 층으로 올라갔다. 학기 초라 그런지 아무도 없었다.

"왜 그런 거야?" 지안이 취조하듯 물었다.

"내가 뭘?"선우는 짜증이 치밀었다. 예솔의 사고를 자기 탓으로 돌리는 것 같았다. 예솔은 휴대폰을 보며 횡단보도를 건너다 급발진한 차에 치였다고 들었다. 거기에 자기가 영향을 줄 방법은 없었다.

"너 들린다며."

"이제야 궁금한가 보네?"

어제 지안은 선우의 제안에 아무 대꾸도 없이 그냥 가버렸다. 선우는 자기의 용기가 무시당한 기분이었다. 말이 좋게 나올 리 없었다.

"알고 싶으면 니가 본 것부터 말해."

선우의 말에 지안이 안경을 벗으며 말했다. "내가 보는 건 일렁이는 막."

"그게 뭔데?"

"니가 알겠지. 넌 들린다며. 어제 뭐 들었어?"

"목소리. 그쪽으로 최예솔을 데려오라는 목소리."

"누구 목소리?" 지안의 표정이 묘하게 일그러졌다.

선우가 어깨를 으쓱했다.

"설마, 몰라?" 지안이 되물었다.

목소리는 자유자재로 변했다. 가장 흔한 것은 선우 자신의 목소리였다. 선우는 그것들을 구별하기 위해 방법을 찾았다.

시각은 도움이 되지 않았다. 들리는 소리에 맞춰 상대의 입이나 자기 입이 움직이는 것처럼 보였다. 촉각도 마찬가지였다. 귀신이 다가오면 온도가 내려간다거나, 솜털이 선다는 식의 신체 변화는 일정하지 않았다. 그나마 유의미한 건 후각, 냄새였다. 가끔 아주 희미하게 특유의 냄새가 나는 목소리가 있었다. 쇠 냄새나 축축한 흙 냄새 같은 것들. 그런 목소리를 들을 때면 한동안 병원 신세를 지곤 했다. 그것들이 원하는 것은 확실했다. 선우 자신.

선우가 울컥해 지안에게 따졌다.

"너도 제대로 못 보잖아. 일렁이는 막? 그게 뭔데?"

"난 그래도 알아. 위험한지 아닌지."

"어떻게?"

"투명도에 따라 달라."

지안이 안경을 다시 쓰고 말을 이었다.

"투명한 건 괜찮은 거, 검은 건 위험한 거. 그런데 어제 그건 김밥 김 같았어. 아주 새까맸다고."

"그럼 위험했던 거야?"

"크기가 작았으니까 그 정도로 끝났지, 안 그랬으면 정말 위험했을 걸. 끝까지 찾았어야 했는데……."

"그래도 이제는 없어진 거지?" 선우가 바짝 마른 입술을 핥았다.

"그게 다가 아닌 게 문제지." 지안이 단호하게 말했다. "그 목소리, 다시 들리면 바로 말해."

"왜?"

수업을 알리는 종소리가 울렸다.

"건당 오십 준다며."

지안이 마지막 말을 던지고 계단을 내려갔다.

지안의 말은 선우의 뇌리에서 떠나지 않았다. 그리고 토요일 오후, 예상했던 일이 벌어졌다. 목소리가 다시 들렸다. 문제는 지안에게 연락할 방법이 없다는 것이었다.

목소리는 선우를 강하게 끌어당겼다. 선우는 이리 오라는 목소리에 필사적으로 저항했다. 10분 남짓, 길지는 않았지만 강도가 달랐다. 거대한 손이 목덜미를 움켜쥐고 등을 벌려 속을 비틀어 꺼내는 느낌이었다. 포도알이 껍질에서 빠져나온 것처럼 정신이 어딘가로 향했다.

물 흐르는 소리, 축축한 공기, 차가운 손끝. 그리고 바닐라 향.

밀려 들어온 감각과 함께 심장이 쪼그라들었다. 자기를 부른 목소리가 사라진 후 선우는 얼마동안 정신을 잃었다. 그리고 주말 내내 그 목소리가 다시 들릴까 봐 불안에 떨어야 했다.

월요일, 선우는 처음으로 빈 교실 문을 열고 들어온 첫 번째 학생이 됐다. 지안이 올 때까지 적어도 한 시간은 더 기다려야 했다.

선우는 가방을 교실에 던져두고 동아리실로 향했다. 자물쇠 번호는 아직 그대로였다. 문을 열자 익숙한 풍경이 눈에 들어왔다. 드럼, 키보드, 마이크 스탠드, 보면대, 접이식 의자가 제자리를 지키고 있었다. 벽에 기댄 기타 가방에 손을 뻗었다가 곧바로 몸을 틀어 드럼으로 향했다. 둥근 의자에 앉아 스네어 위에 놓인 드럼 스틱을 쥐었다. 손바닥에 미세한 땀이 배었다.

둥둥, 베이스 드럼의 페달을 밟았다. 심벌을 친 뒤 스네어와 탐탐, 플로어 탐을 번갈아 두들겼다. 드럼의 기본기인 박자 쪼개기였다. 한 박에 한 번, 두 번, 세 번, 네 번, 여섯 번, 여덟 번 정확하게 스틱을 움직여야 했다. 처음에는 60bpm으로 연습했는데 이제 120bpm까지는 쉬웠다.

휴대폰에서 메트로놈 앱을 찾았다. 125bpm에 도전해 볼 생각이었다. 그런데 이상했다. 앱이 없었다. 삭제한 기억도 없는데. 앱스토어에서 그 앱을 검색하자 '받기' 표시가 떴다. 설치 이력이 없다는 뜻이었다. 선우는 설명할 수 없는 이질감에 도망치듯 동아리실을 나왔다. 드럼 스틱을 쥔 자리를 따라 손가락 피부가 빨갛게 부풀어 있었다.

"저쪽인 것 같아."

선우가 가람교 밑 돌계단을 가리켰다. 지안이 안경을 벗고 선우가 가리킨 곳으로 갔다. 수변 산책길 끝자락이라 한적한 곳이었다. 지안이 몸을 낮추어 돌계단을 올랐다. 바닥을 살피는 것 같았다.

"뭐가 있어?"

지안이 조용하라는 손짓을 했다. 조깅하는 사람이 다가왔다. 달리는 속도가 꽤 빨랐다. 지안이 멈췄을 때 조깅하는 사람이 다리 밑 그늘로 들어섰다. 그는 알록달록한 스포츠 고글에 검은색 운동복을 입고 이어폰을 꽂고 있었다. 자기 운동에만 집중하는 사람 같았다.

지안이 짧은 기합과 함께 돌계단에서 무언가를 낚아챘다. 남자의 고개가 돌아갔다. 지안이 갈퀴 모양으로 만든 오른손을 높이 들어 올렸다. 누구라도 시선을 멈출 만한 동작이었다. 선우는 딴청을 부렸다. 지안이 보이지 않는 무언가를 끌고 돌계단을 한 걸음씩 무겁게 내려왔다. 남자가 제자리 뛰기를 하며 그 모습을 구경했다. 선우는 기둥 뒤로 살짝 몸을 숨겼다.

바닥에 내려온 지안이 갈퀴 손을 가슴에 모으고 제자리에서 시계 방향으로 돌았다. 바람이 불면서 긴 머리카락이 얼굴과 몸통을 휘감았다. 남자가 선우 곁으로 총총 뛰어왔다.

"뭐 하는 거예요?"

선우는 볼을 긁으며 뭐라고 해야 덜 이상해 보일지 잠깐 고민했다. 모르는 애라고 하기에는 교복도 같고, 지안의 가방도 자기가 들고 있었다.

"무용 연습이요. 현대무용."

"아." 남자가 휴대폰으로 사진을 찰칵 찍었다.

"저기요!"

선우가 지워달라고 말하려고 했지만, 남자는 총알같이 달려가 버렸다. 선우는 작게 '미안'하며 지안에게 용서를 구했다. 때마침 지안이 선우를 향해 손을 내밀었다. 선우가 500ml 우유 팩을 지안에게 던졌다. 지안이 한 손으로 우유 팩을 잡아 입구를 벌렸다. 순간 지안의 몸이 팽이처럼 팽그르르 돌았다. 아까와는 반대 방향이었다. 그리고 풀썩 쓰러졌다.

선우는 얼떨떨했다. 지안의 몸짓은 정말 현대무용 같기도 했다. 지안이 바닥에서 몸을 웅크려 우유 팩 입구를 접고, 밀봉 클립을 채웠다. 선우가 슬며시 다가갔다. 붉어진 얼굴을 보니 나름대로 고군분투한 것 같았다. 지안이 일어나 옷을 털었다.

"어떻게 됐어?"

선우의 질문에 지안이 빵빵한 우유 팩을 내보였다. 정말 무언가 들어 있는지 상한 우유처럼 부풀어 있었다.

"그런데 여기에 정말 귀신을 잡아넣을 수 있는 거야?" 선우가 의심 섞인 눈초리로 물었다.

"귀신?" 지안이 되물었다.

"귀신 아니야?"

"나는 아니라고 생각하는데."

"그럼 뭔데?"

"에테르."

"응?" 선우가 잘 모르겠다는 표정을 지었다.

"분명 존재하지만 아직 우리가 모르는 무언가." 지안이 소신 있게 대답했다.

"그래. 뭐, 그렇다 치자. 그런데 그게 어떻게 우유 팩에 들어가는 거야?"

지안이 자기 가방을 받아 메며 말했다. "여러 가지로 실험해 봤는데, 이게 제일 밀봉력이 좋더라. 폴리에틸렌 코팅이라 그런가."

"그래서 이제 끝?" 선우가 눈을 가늘게 떴다.

"아니, 이제 시작이지." 지안이 앞장서 걸었다.

"어디 가는 건데?" 선우가 볼멘 소리로 물었다. 지안은 대답하지 않았다. 선우는 하는 수 없이 그 뒤를 따랐다.

지안이 멈춘 곳은 선우네 집 앞이었다.

"여기 어떻게 알았어?"

"CRM. 고객 관계 관리. 이런 건 기본이지."

지안이 아무렇지 않게 대문을 지나 정원으로 들어갔다. 선우는 멍하니 있다가 따질 타이밍을 놓쳐버렸다.

지안은 거실 소파에 앉아 종이 컵, 실, 가위, 접착테이프를 가져오라고 주문했다. 선우는 거실과 자기 방을 오가며 어찌어찌 그것들을 가져다 테이블 위에 놓았다. 지안이 우유 팩을 조금 벌려 그 안에 실을 넣고 밀봉 클립을 다시 채웠다. 그리고 종이 컵 바닥에 바늘로 구멍을 뚫어 반대쪽 실을 집어넣은 뒤 접착테이프로 붙였다. 지안이 완성된 그것을 선우 앞에 놓았다.

"이게 뭐야?"

"실 전화기."

선우가 황당하다는 표정을 지었다.

"나는 못 들으니까. 니가 대화해봐."

"싫어."

"그럼 계속 괴로울 텐데?"

선우가 머리카락을 쓸어 넘겼다. 둘은 한동안 말이 없었다. 지안이 한 수 굽히고 들어갔다.

"나는 소리가 들리지는 않았으니까 이런 걸 그냥 어떤 기운이라고 생각했어. 근데 네 말대로 이게 정말 귀신 같은 거라면, 뭔가 들어봐야 하지 않을까? 억울한 거라든가, 뭐 그런 거 있잖아. 귀신 하면 항상 나오는 한을 풀어달라, 뭐 이런 거."

선우가 종이 컵을 잡았다. 한 번 시도해보는 것도 나쁘지 않을 것 같았다. 지안이 우유 팩을 쥐고 실이 팽팽해지도록 끌어당겼다.

"목소리가 들리면 그대로 따라 해."

선우가 입술을 한 번 핥고 종이 컵을 귀에 댔다. '우웅'하는 반사음이 들렸다.

"아무 소리도 안 들리는데?"

"집중해. 최예솔 때 그 목소리를 생각해 봐. 주파수를 맞춘다고 생각하고."

선우가 눈을 감았다. 딸각 소리와 함께 거실 불이 꺼졌다. 고요했다. 평소에는 들쭉날쭉 튀어 오르던 생각이 검은 물밑에 가라앉은 듯 미동도 없었다. 웅웅거리는 소리가 점점 커지고 빙글빙글 도는 것처럼 어지러웠다. 그때, 바닐라 향이 코끝을 스쳤다.

선우야.

기묘한 웃음이 선우 입에서 터져 나왔다. 지안이 침을 꿀꺽 삼켰다.

"너 누구야?"

지안의 질문에 선우가 웅얼거렸다.

"아무것도 모르면서 함부로 지껄이지 마. 능력도 없으면서 괜히 나서지 말라고. 진짜 무당도 아닌 주제에."

"정말 귀신이야?"

"아니. 나 선우야."

"웃기지 마. 너 누구야?"

"선우라니까."

"이선우를 놓아줘." 지안이 강하게 말했다.

선우가 갑자기 몸을 떨었다.

"이선우!"

지안이 선우의 어깨를 밀었다. 앞으로 숙여져 있던 상체가 뒤로 젖혀졌다. 부릅뜬 눈 흰자위에 붉은 실핏줄이 서 있었다. 선우가 종이 컵을 입으로 가져갔다. 부드럽고 평화로운 노랫말이 감미롭게 흘러나왔다.

"단어들이 흘러넘쳐 마치 종이 컵에 쏟아지는 끝없는 비처럼. 거칠게

미끄러져 우주를 가로지르며 사라지네. 슬픔의 웅덩이와 기쁨의 파도가 마음을 떠돌며 나를 부여잡고 감싸 안아."

지안은 선우를 깨우기 위해 종이 컵을 낚아채고 뺨을 살짝 쳤다. 선우는 정신을 차리지 못했다. 지안이 거실 불을 켜고 주방으로 뛰어갔다.

"자이 구루 데바, 옴."

선우가 실을 목에 감았다. 양 끝을 쥐고 당기자 살을 파고들며 핏대가 섰다. 얼굴이 점점 붉어졌다. 노래가 끊길 듯 이어졌다.

"낫띵즈 고나 체인지 마이 월드. 낫띵즈 고나 체인지."

선우가 눈을 번쩍 떴다.

기침이 터졌다. 찬물이 얼굴을 타고 흘러내렸다. 대접을 든 지안이 보였다. 코가 맵고 목이 쓰라렸다. 지안이 손을 떨며 선우 목에 감긴 실을 풀었다. 그리고 바닥에 떨어진 우유 팩을 발로 콱 밟아 터트렸다. 대포 같은 소리가 거실을 울렸다. 선우가 펄쩍 뛰었다.

"야, 터뜨리면 어떡해!"

목소리가 제대로 나오지 않았다.

지안이 입술을 씹었다. 선우는 얼굴 물기를 훔치고 숨을 골랐다. 일이 틀어진 게 분명했다. 목을 매만졌다. 쓰라린 부분에서 피가 묻어났다. 뒤늦게 등줄기에 소름이 돋았다. 지안은 인사도 없이 가방을 들고 나가 버렸다.

그날 밤 선우는 급류에 휩쓸리는 꿈을 꿨다. 지안이 자기 발목을 붙잡고 물귀신처럼 엉겨붙어 있었다. 선우가 있는 힘껏 발길질했지만, 지안은 뱀처럼 꿈틀대며 선우를 끌어당겼다. 숨이 막혔다. 한 줌 남은 공기를 토하고 몸에 힘이 빠졌다. 휘몰아치는 물줄기에 휩싸여 몸이 붕 떴다. 그리고 쾅ㅡ. 오른쪽 엉덩이와 팔이 딱딱한 것에 부딪혔다. 바닥이었다. 잠이 달아났다.

1층으로 내려갔다. 새벽 2시가 넘었는데도 현관에 아버지의 신발은 없었다. 물을 한 컵 들이켜고 소파에 앉았다. 아버지에게 이 일을 말한다면 어떻게 될까 생각해봤다. 시작할 말을 고르는 것부터 큰 문제였다.

'저 사실은 목소리가 계속 들렸어요.'

'제가 목소리에 조종당해 어떤 애를 다치게 했거든요.'

'저처럼 이상한 걸 감지하는 애가 있는데요, 걔랑 같이 그 정체를 밝히려다가 정신을 잃었어요. 목이 졸렸는데, 제가 그런 거래요.'

그냥 미친 거라면 얼마나 좋았을까. 그러면 이런 고민은 없었을 텐데.

선우는 아버지 방으로 들어갔다. 서랍 깊은 곳에서 수면제 통을 꺼내 알약 하나를 손바닥에 올려놓고 한참 바라보다가 물과 함께 삼켰다. 새벽 4시가 넘은 시간이었다.

"쟤가 너 존나 째려보는데?"

아현의 검지 끝에는 혼자 밥 먹는 지안이 있었다. 선우는 "됐어. 신경 쓰지 마."라고 하며 수저를 식판 위에 내려놓았다.

선우는 며칠 동안 지안을 피해 다녔다. 소리는 다시 들리지 않았고, 별다른 일도 없어서 지안을 찾을 이유가 없었다. 반면 지안은 노골적으로 선우의 일거수일투족을 살폈다. 선우도 알고 있었지만, 지안과 말을 섞고 싶지 않았다. 지안은 불과 2주 만에 반 애들에게 비호감으로 분류됐다. 지안이 특별히 잘못한 것은 없었다. 그냥 사교적이지 않았고, 예쁘지도 않아서 인 듯했다.

급식실을 나서는 순간, 지안이 선우 앞을 막아섰다.

"얘기 좀 해."

선우는 아현과 다른 애들에게 먼저 가라고 말하고, 지안을 주차장으로 데려갔다.

"소리는?"

지안이 물었다.

"안 들려."

"그래?"

짧은 정적이 흘렀다. 선우가 휴대폰을 꺼냈다.

"맞다. 오십만 원 줘야지?"

지안이 휴대폰을 쥔 선우의 손목을 잡았다. 힘이 셌다.

"아직 안 끝났어."

바짝 다가온 지안의 눈동자에 푸른 빛이 서렸다. 지안은 확실히 이상했다. 선우가 손목을 비틀어 빼냈다. 지금 주도권을 잃는다면 계속 끌려다닐 것 같았다.

"내 일이니까 내가 알아서 할게. 이제 신경 쓰지 마."

선우가 지안의 어깨를 치고 지나갔다. 심장이 요동쳤다. 어쩌면 아현에게 부탁해 지안을 확실히 떼어놓는 게 나을지도 몰랐다. 때마침 아현과 친구들이 매점에서 나오는 게 보였다. 빠른 걸음으로 그들을 따라잡았다. 아현을 부르려는 순간, 자기 이름이 귀에 꽂혔다.

"이선우 요즘 좀 이상하지 않냐?"

"어. 완전 병신 됐던데."

"아니 아까도, 그런 찐따 같은 애를 대체 왜 따라가냐고. 그것도 겁나 쫄아서."

"나 웃겨 죽는 줄."

"걔네 집 망한 거 아냐? 나 걔가 더치페이 하는 거 처음 봐."

"그니까. 걔 원래 그랬어?"

"난 화장하는 게 젤 어이없음. 떡칠. 진짜 토 나와."

"야, 계속 같이 다닐 거야?"

"씨발. 몰라. 졸라 짜증나."

그들은 웃었다. 아주 재미있는 일이라는 듯. 선우는 자기가 무엇을 잘못했는지 알 수 없었다. 그저 친구를 만들고 싶던 것 뿐이었다.

오후 수업이 시작되고, 선우는 열이 났다. 호흡이 가빠지고 식은땀도 났다. 북소리 같은 묵직한 떨림이 지속적으로 들렸다. 조퇴하려고 고개를 들었는데 지안과 눈이 마주쳤다. 푸른 눈빛. 자기를 쏘아보는 그 눈빛에 덜컥 겁이 났다.

"선우야, 괜찮니? 얼굴이 창백해."

선우는 자기를 붙잡는 선생을 밀치고 밖으로 뛰쳐나갔다.

"이선우!" 지안의 목소리가 날아왔다.

도망쳐. 이리와. 가면 안 돼. 이리로 오렴. 뛰어. 나랑 같이 가자. 안 돼. 이리로 와, 이리로.

숨이 턱까지 차올랐다. 제멋대로 달리던 발이 멈췄다. 눈앞이 핑 돌며 다른 장면이 펼쳐졌다.

후드득후드득 비 내리는 소리, 바닐라 향, 뒤에서 들리는 발소리.

"왜 보자고 했어?" 자기 목소리였다.

다음 말을 알고 있었다.

"부탁 하나만 해도 될까?"

"어떤 부탁?" 서늘한 말투.

"지금 일하는 곳에서 월급을 아직 못 받아서……."

"돈?"

"응. 집에 사정이 좀 있거든."

"……."

"선우야, 미안한데 부탁할 사람이 너밖에 없어. 나 돈 좀 빌려주면 안 돼? 너 돈 많잖아."

"얼마?"

"얼마까지 되는데?"

작은 한숨 소리와 함께 "계좌번호 알려줘."라는 얼음 같은 목소리가 들렸다.

비가 거셌다. 2월과는 전혀 어울리지 않는 날씨였다. 우산을 쥔 손이 미끄러웠다. 콧물이 났다. 코끝을 훔치는데 바닐라 향이 훅 끼쳤다.

"이선우!"

눈을 떴다. 얼굴이 차가웠다. 다급한 표정의 지안이 보였다.

입에서 비릿한 물맛이 났다. 지안의 손이 젖어 있었고, 바로 옆에서 물 소리가 요란했다. 몸을 일으키며 침을 뱉었다. 돌계단이 보였다. 가람교 밑이었다. 선우는 떨리는 목소리로 말했다.

"그 목소리, 오한나였어."

"그렇게 간단한 문제가 아니야."

지안이 입에 가득 넣은 햄버거를 우물거리며 말했다. 선우는 감자튀김을 내려놨다. 지안의 말도 일리가 있었다. 그 목소리가 한나라고 확신하기는 힘들었다.

"그날 있었던 일을 정리해보자."

지안의 말에 선우가 기억을 더듬었다.

"그날 다리 밑에서 한나를 만나 돈을 주고."

"얼마나 어떻게 줬는데?"

선우가 은행 앱을 확인했다. 2월 15일, 빠져나간 돈은 없었다.

"안 줬나?" 고개를 갸웃했다.

"기억나는 다른 건?" 지안이 감자튀김을 입에 넣었다.

"비가 엄청 왔고, 옷이 다 젖었어. 감기도 걸렸고."

"오한나한테 연락은 어떻게 받은 거야?"

"보이스 통화. 밴드부 단톡방에서⋯⋯."

선우가 메신저 앱을 확인했다. 한나 계정이 비활성화되어 있었다.

"탈퇴했나 봐."

"걔네 집 어딘지 알아?"

"아니."

"일단 걔네 집에 가보자. 니가 어딘지 알아봐."

선우는 다음 날을 생각하니 벌써부터 머리가 지끈거렸다. 분명 오늘 일이 아버지 귀에 들어갔을 터였다. 한숨이 나왔다.

"왜?"

"그냥. 집안 일."

선우가 콜라를 쭉 빨며 창 밖으로 시선을 돌렸다.

한나네 집은 아주 유명한 곳이었다. 전세사기로 떠들썩했던 빌라촌. 곳곳에 색 바랜 붉은 현수막이 걸려 있었다. '구제방안 촉구', '제발 살려주세요.' 노란색 글씨가 시선을 끌었다. 아버지의 선거 공약 중 이곳 대책 방안도 있었다. 하지만 아직 달라진 점은 없었다.

302호 현관문에는 여러 개의 독촉장과 등기 알림 스티커, 압류 딱지가 덕지덕지 붙어 있었다. 초인종을 눌렀지만, 아무 소리도 들리지 않았다. 지안이 문을 두드렸다. 생각보다 소리가 컸다. 한 번 더 두드리자 맞은편 301호 문이 열렸다. 수염이 덥

수룩한 남자가 얼굴을 내밀었다.

"거기 사람 없어요. 어? 학생이네."

"안녕하세요."

지안이 예의바르게 인사했다. 남자도 반사적으로 고개를 숙였다.

"302호 이사 갔어요?"

지안의 물음에 남자가 미간을 찌푸렸다.

"못 본 지 꽤 됐어요." 그리고 빠르게 문을 닫았다.

선우와 지안은 빌라 주차장에 쭈그려 앉았다.

"이제 어떡하지?" 선우가 입술을 삐죽 내밀었다.

"기다려보자."

지안이 휴대폰으로 도어락 여는 방법을 검색했다. 그 모습을 본 선우는 혀를 차며 고개를 저었다. 맞은편 전봇대에 걸린 현수막이 눈에 들어왔다.

담보 대출, 신용 대출. 각종 대출 상담해드립니다. 저소득, 저신용자 서민 대출. 특판 한도 소진 시까지. 열심히 사는 사람들을 위한 든든한 금융. 부담 없이 상담하세요. 타 금융 대환. 신규 대출. 간편한 심사와 당일 대출, 최대 금액 보증.

함께 적힌 숫자들의 의미까지는 와닿지 않았다. 글자만 본다면 단연 희망적이었지만, 중요한 건 숫자였다. 그 정도는 알았다. 하지만 딱 거기까지였다.

지안이 선우를 툭툭 치고 빌라 입구를 가리켰다. 301호 남자가 나왔다. 둘은 그 틈을 타 빌라로 다시 들어갔다.

한나네 집은 예상외로 깔끔했다. 거실에 한나와 엄마 사진이 걸려 있었다. 웃는 모습이 똑같았다. 방은 두 개였는데, 햇빛이 잘 드는 곳이 한나의 방이었다. 가지런히 꽂힌 문제집들 앞에 놓인 드럼 스틱이 눈에 띄었다. 한쪽은 나뭇결이 일어날 정도로 상해 있었고, 다른 한쪽은 손때로 거뭇거뭇했다. 선우가 드럼 스틱을 쥐고 휙 돌렸다. 팡팡팡, 머릿속에서 드럼 소리가 들리는 듯했다.

"아, 어제 말이야." 선우가 문득 떠오른 것을 말했다. "목소리가 두 개였어."

"둘?"

"응. 한나 말고 다른 목소리가 같이 들렸어."

"어떻게 알아? 구분 못 한다며면서."

"냄새가 달랐거든."

선우가 드럼 스틱의 손때 묻은 쪽을 지안에게 내밀었다.

"이 바닐라 향 핸드크림이랑 다른 향이 번갈아 났어."

지안이 드럼 스틱을 받아 냄새를 맡았다.

"한나는 도망가라고 했고, 다른 목소리는 자기에게 오라고 했어."

"흠." 지안이 콧잔등에 주름을 만들었다. "그럼 오라고 했던 소리를 따라가보자."

"왜? 한나가 가지 말라고 했잖아."

선우가 발끈했다.

"뭐든 돌파구를 찾아야 하잖아."

선우가 머리카락을 쓸어 넘겼다. 머리카락 끝을 쥐고 엄지 지문으로 매만졌다. 까슬까슬한 느낌이 마음을 안정시켰다.

"지금까지 한나 목소리가 뭐라고 했지?"

선우가 망설이다가 입을 뗐다. "담임 목 조르고, 최예솔 함정으로 데려가라고. 그리고 어제 그 목소리를 따라가지 말라고."

"그럼 쉬운 것부터 확인해보자. 한나랑 무슨 관련이 있겠지."

"어떤거? 담임?"

"담임은 됐어. 왜 인지 알 것 같아."

"뭔데?"

"담임이 첫날 오한나 겁나 욕하던데? 빈자리랑 출석부 보면서. 속으로 했겠지만 그냥 봐도 알겠더라."

지안이 드럼 스틱을 책상에 내려놓고 거실로 나갔다. 선우가 그것을 있던 자리에 정확히 돌려놨다.

"여기서 더 떠오르거나 생각나는 건 없어?"

선우가 고개를 저었다.

지안이 거실을 둘러보며 중얼거렸다. "그런데 집 정말 깨끗하다. 한나랑 한나네 엄마 둘 다 정리정돈 끝판왕인가 봐."

선우도 지안을 따라 거실을 쓱 훑어봤다. 선우 눈에는 그다지 깨끗해 보이지 않았다. 다 낡고 싼 물건들뿐이었다.

병원에 도착한 건 7시가 다 되어서였다. 예솔은 오른쪽 팔과 다리에 깁스를 한 채 침대에 기대어 있었다. 선우가 커다란 과일바구니를 침대 옆 테이블에 올려놨다. 지안은 침대에서 좀 떨어져 있었다. 지안을 보는 예솔의 시선이 곱지 않았다.

"몸은 좀 어때?" 선우가 친근하게 물었다.

예솔은 대답하지 않았다.

"걱정했어. 바로 오지 못해서 미안."

예솔이 콧방귀를 꼈다.

"너 오한나랑 친해?" 지안이 툭 말을 던졌다.

"안 친해." 예솔의 표정이 일그러졌다.

"친하지는 않더라도 소식은 알고 있지?" 지안이 집요하게 물었다.

"못 본 지 꽤 됐어."

"어디서 봤는데?"

"편의점."

"더 아는 거 없어?"

"몰라! 나도 걔가 돈 빌리고 잠수타서 짜증나." 예솔이 목소리를 높였다.

"너 오한나한테 뭐 잘못한 거 없어?" 지안이 안경을 벗으며 물었다. 눈빛이 날카로웠다. "그때 내가 너 구해준 거 알아?"

지안이 예솔 가까이로 가 침대에 팔을 짚었다. 예솔이 몸을 뒤로 뺐다.

"너 사고가 우연히 났다고 생각해? 이 정도 다친 거면 너 정말 운 좋은 거야."

"너 뭐야?" 예솔 이마에 땀이 맺혔다.

"좋은 말로 할 때 오한나에 대해 아는 거 다 털어놔. 또 다치기 싫으면." 지안이 가볍게 팔 깁스를 건드렸다.

예솔과 지안은 눈싸움을 하는 것처럼 서로를 노려봤다. 지안의 기세가 대단했다. 결국 예솔이 시선을 내리깔고 휴대폰을 집었다.

"걔 중독이야, 중독. 나는 그냥 소개만 해 준거고."

예솔이 휴대폰 화면을 돌려 지안에게 보였다. 번쩍번쩍한 글자들이 환락가 간판 같았다. 선우는 그게 무엇인지 알고 있었다. 스피드 바카라.

지안은 그 도박 사이트를 훑어보다가 결국 가입했고, 처음 받은 꽁머니를 모두 날리고 나서야 휴대폰을 주머니에 넣었다.

"플레이어, 뱅커. 확률이 2분의 1인데 왜 이렇게 안 맞아?"

선우가 한심하다는 표정으로 지안을 쳐다봤다.

"그거 애초에 이길 수 없는 게임이야."

"친구 추천하면 포인트 준대." 지안이 선우를 빤히 보며 말했다.

"나는 그런 거 절대 안 해."

"왜? 그냥 게임 같던데. 너 한번도 안 해봤어?"

선우가 걸음을 멈췄다.

"한나가 도박 때문에 죽었는데 너는 그걸 하고 싶어?"

지안의 한쪽 입술 끝이 올라갔다. "너 그걸 어떻게 단정해?"

"그거 아니면 뭐겠어. 돈 빌리려고 한 것도 도박 빚 때문일 텐데."

"아닐 수도 있지."

지안이 안경 브릿지를 밀어 올렸다. 선우가 고개를 저었다.

"아, 저기다!"

지안이 바로 앞에 보이는 편의점으로 뛰어갔다. 예솔이 알려준 곳이었다. 선우가 따라 들어갔다. 카운터에 앉아있던 중

년 여자가 몸을 일으켰다.

"여기 알바생 중에 오한나라고 있어요? 친구인데 연락이 안 돼서요."

여자가 지안을 보더니 "걔 아직도 집에 안 들어갔니?"라고 되물었다. 지안이 고개를 끄덕이자 여자가 혀를 찼다.

들어보니 얼마 전에 한나와 연락이 안 된다고 한나 엄마가 찾아왔다고 했다. 하지만 한나가 편의점 알바를 그만둔 건 이미 두 달 전이었다.

"혹시 한나 어머니 연락처를 알려주실 수 있을까요? 저희도 한나가 걱정돼서요." 지안이 학생다운 말투를 썼다.

편의점을 나오며 선우는 전부터 마음에 두었던 말을 했다.

"너 보기보다 말 잘한다?"

"필요할 때는."

지안이 평소의 건조한 투로 대답했다. 그리고 편의점에서 받은 쪽지를 선우에게 건넸다.

"니가 연락해. 난 어디까지나 돕는 역할이라고."

선우가 마지못해 고개를 끄덕였다.

다음 날 수업이 끝나고, 선우와 지안은 몇 정거장 떨어진 고급 아파트 놀이터에서 한나 엄마를 만났다. 화장으로 가리기 힘든 고단함이 얼굴에 배어 있었다.

"네가 선우구나. 한나한테 말 많이 들었어. 밴드부에 디즈니 공주님 같이 예쁜 애가 있다고."

"아니에요." 선우가 머쓱하게 웃었다.

"멀리까지 오라고 해서 미안하네."

한나 엄마는 자기가 데려온 사내아이에게 좀처럼 눈을 떼지 못했다. 아이가 미끄럼틀을 올라갔다.

"여기로 이사 오신 거예요?" 지안이 불쑥 끼어들었다.

"아니. 일하는 곳이야. 애도 봐주고." 한나 엄마가 살짝 웃었다. 한나 얼굴이 겹쳐 보였다. 지안이 선우에게 어서 말하라고 눈짓했다.

"제가 저번 달에 한나를 만났는데요."

"어머, 그래? 어디서?"

"가람교에서요. 한나가 돈 빌려달라고 했어요."

한나 엄마가 난감한 표정을 지었다. "그래? 얼마나? 월세 때문에 그랬나. 미안하다, 선우야."

"아, 빌려주지는 못했어요. 저도 뭐, 돈이 많은 건 아니라……. 아무튼 그 후로 한나가 연락이 안 돼서요."

한나 엄마의 시선이 많이 흔들렸다. "고맙다, 우리 한나 걱정해줘서."

한동안 침묵이 이어졌다. 그러다가 한나 엄마가 화색을 띠며 말했다.

"아줌마도 한나랑 연락이 안 돼서 걱정했는데, 아는 보살님이 한나가 위험한 곳에 있는 건 아니래. 전보다 더 잘 먹고 잘 산대."

"네?" 지안의 눈이 휘둥그래졌다. 주인과 함께 산책 중이던 강아지 두 마리가 지안을 향해 격하게 짖어 댔다. 한나 엄마가 불편한 기색으로 지안을 봤다. 지안이 멈추지 않고 쏘아붙였다.

"아줌마, 애가 안 들어오면 경찰에 신고를 해야지 점집에 가셨다고요? 그게 상식적으로 말이 돼요?"

"경찰서에 갔지. 가출인 명부에 등록해 놨으니 집에 가서 기다리라는데 어떡하니. 나는 여기 입주 가정부로 있고, 한나는 고시원에서 쫓겨났다는데. 그럼 어디서 어떻게……."

한나 엄마 목소리가 점차 작아지더니 고개를 떨구며 말을 멈췄다. 왜소한 어깨가 툭 치면 바스라질 것만 같았다.

지안이 한층 누그러진 목소리로 말했다.

"경찰서 가서 다시 한 번 얘기해보세요. 2월 15일 밤 9시에 가람교에서 한나를 만난 애가 있다고. 주변 CCTV 같은 거 살펴보면 한나가 어디로 갔는지 나올지도 모르잖아요."

사내아이가 '아줌마'하고 불렀다. 한나 엄마가 눈가를 훔치며 일어났다.

"저기요." 선우가 한나 엄마를 불러 세웠다. "한나가 엄마 때문에 밴드부 들어간 거 아세요? 젊었을 때 기타 치셨던 엄마가 멋졌대요."

반쯤 돌아선 한나 엄마의 얼굴에 희미한 미소가 스치고 지나갔다.

정류장으로 가는 길, 선우와 지안은 각자 생각에 잠긴 채 조용히 걸었다.

"내가 한나한테 돈을 줬으면 달라졌을까?" 선우가 물었다.

"그게 해결책은 아니었을 걸."

"그럼 어른들에게 도움을 청했다면?" 선우의 목소리가 약간 떨렸다.

지안이 선우의 어깨를 잡고 말했다. "자책하지 마. 한나가 정말 잘 있을 수도 있고……."

지안이 말 끝을 흐렸다.

선우는 그게 바람일 뿐이라는 것을 알았지만, 마음을 담아 고개를 끄덕였다.

지안이 진중하게 말했다. "곧 그 목소리가 다시 들릴 것 같아. 그러니까 같이 있는 게 좋겠어. 너희 집에 남는 방 있지? 우리 집에는 남는 방이 없어서. 너희 집이 훨씬 더 크고 좋아서 그러는 건 아니고, 그냥 일의 효율을 위해……."

선우의 촉촉해졌던 눈가가 바로 말라버렸다.

목소리가 다시 들린 건 그 주 일요일 오후였다. 둘은 거실 소파에 기대앉아 음악 방송을 보며 나쵸를 먹고 있었다. 갑자기 선우가 벌떡 일어났고, 그 바람에 지안이 나쵸 봉투를 떨어뜨렸다. 지금까지와는 전혀 다른 크고 강력한 목소리였다.

넋이야 넋이로구나 넋인 줄 몰랐더니 오늘 보니 넋이로구나 혼일 줄도 몰랐더니 오늘 보니 혼이로구나 혼은 모셔다가 혼상에다 모셔놓고 넋은 모셔다가 세 개 화단에다 모십시다.

장구 소리와 함께 '아이고, 아이고' 우는 곡소리도 들렸다. 선우는 말 그대로 무언가에 홀려 밖으로 나갔다. 타당탕탕 터지는 장구 소리가 채찍이 되어 몸을 때렸다.

오르소사 오르소사 넋이라도 오르시고 혼이라도 오르소사 설워말고 오르시고 지체 말고 오르소사 신의 성방 대신칼에 서드륵 섭적 더우 잡어 지체말고 오르소사.

만(卍)자 깃발이 꽂힌 철문 앞에 섰을 때, 선우는 정신이 들었다. 괜찮냐는 지안의 목소리가 이제야 들렸다. 선우가 문을 벌컥 열고 안으로 들어갔다. 마당에서 작은 굿판이 벌어지고 있었다. 장구를 쥔 남자가 두 불청객을 노려봤다. 소복을 입은 무당과 바닥에 엎드린 여자가 보였다.

"뭐야?"

무당이 무곡을 멈추고 카랑카랑한 목소리로 화를 냈다. 쉰 정도 되어 보이는 여자였다.

"불러서 왔어요." 지안이 당당하게 대답했다.

엎드려 있던 여자가 눈을 크게 떴다. "선우야, 웬일이니?"

무당이 선우를 쏘아봤다. "저 애한테 붙었구나!"

지안이 무당을 막아섰다. "잠깐만요." 돌아서 선우를 붙잡고 물었다. "선우야, 내 말 들려?"

"응."

선우는 지안의 표정이 꽤 진지하다고 생각했다. 안경을 벗은 눈. 역시 푸른 빛이 났다. 뱀의 비늘 같기도 한 신기한 눈이었다.

"오한나, 너 말고." 지안의 단호한 말투에 선우가 몸을 움찔했다.

"지안아, 그게 무슨 소리야. 나 선우야. 이선우."

"아니. 너 지금 까만 먹물처럼 보여. 선우 얼굴이 이제 하나도 안 보인다고. 야, 이선우!" 지안이 선우의 어깨를 붙잡고 흔들었다.

선우가 차분하게 웃으며 말했다. "지안아, 한나는 여기 없어. 목소리가 안 들려. 바닐라 향도 안 나."

"오한나, 그만해!"

지안의 호통에 몸이 찌릿했다. 선우가 지안의 팔을 벗어나 뒤로 물러섰다.

"나 선우라니까."

"오한나, 너 부르는 소리 때문에 여기 온 거잖아."

한나 엄마가 눈에 들어왔다. 며칠 전보다 더 초췌해 보였다. 왜 항상 저런 모습일까. 보고 싶지 않은 것이었다.

"나 한나 아니라니까. 선우야. 이선우."

"거기는 네 자리가 아니잖아."

그 말에 속이 벌컥 뒤집혔다.

"내 자리? 그게 뭔데? 나는 왜 안 되는데? 내가 여기 있으면 왜 안 되는데? 이선우는 자기가 얼마나 행복한지 몰라. 살기 싫대. 그럼 그냥 내가 대신 살면 되는 거 아니야?"

"하… 한나니?"

한나 엄마가 퀭한 얼굴로 선우에게 다가갔다. 선우가 뒤로 물러섰다.

"아니요. 한나 아니에요."

두둥두둥 장구 장단과 함께 무가가 다시 시작됐다. 선우는 그 소리가 싫었다. 몸이 벗겨지고 속이 뒤집히는 것 같았다.

"한나야, 잘 있는 거 아니었어? 무슨 일이야 이게!"

한나 엄마의 붉어진 눈자위에 눈물이 고였다.

"엄마, 나 잘 있어. 엄청 큰 집에서 공주처럼 살아."

선우가 눈을 크게 뜨고 입꼬리를 당겨 웃었다.

"나 여기 계속 있을래. 그러니까 저 노래 좀 멈춰 줘. 저 소리
좀. 나 보내지 마. 나 여기서 행복해. 그러니까 나 부르지 마."

한나 엄마는 기묘한 표정으로 애걸하는 선우를 보며 입술을
깨물었다.

"그래, 한나야……."

지안이 한나 엄마를 밀치고 선우에게 다가갔다.

"이선우, 네가 직접 깨닫고 한나를 보내야 해. 선우야, 내 말
들려? 응? 여길 봐. 들어보라고." 지안의 목소리가 떨렸다.

그 사이 한나 엄마가 무당에게 달려들어 둘이 바닥을 뒹굴
었다. 일순간 모든 소리가 그치고, 선우의 눈앞이 하얘졌다.

안개가 자욱한 강이었다. 강물이 무릎에서 찰랑댔다. 찰박,
뒤에서 물소리가 났다. 돌아보니 자신이 서 있었다. 이선우. 검
은색 패딩을 입은 그 날의 선우.

"미안해."

그 말에 차마 선우를 보기 힘들었다. 고개를 떨궜다. 강물에
비친 모습이 점점 한나로 바뀌었다. 마법이 풀린 듯 머리부터
발끝까지. 더 이상 선우가 아니었다. 오한나가 물에 비쳤다. 그

위로 뚝뚝 물방울이 떨어졌다. 일그러진 한나의 어깨가 들썩였다. 쏴아, 비가 내렸다.

"한나야. 그날 너한테 못한 말이 있어."

선우가 무표정한 얼굴로 차분히 말했다.

세상만사 관심 없는 저 초연한 태도가 얄미웠다. 삶의 어려움이라고는 한 번도 겪어보지 않았을 저 자리가 욕심났다. 한나는 그렇게 느낀 그 날, 그 순간으로 돌아갔다.

"됐어. 그냥 못 들은 걸로 해. 갈게."

계좌번호를 달라던 선우의 말이 심장을 깊게 찔렀다. 돈을 바란 게 맞았다. 하지만 다른 마음도 있었다.

선우야, 내 말 좀 들어줘. 나 좀 살려줘.

그렇게 말하고 싶었다. 하지만 그러지 못했다. 그것을 바라는 건 주제넘은 짓 같았다.

검은 패딩의 선우가 다시 한나를 불렀다.

"학교 밴드부 있잖아. 니가 없으니까 별로더라. 다들 열심히 안 해. 그래서 안 나갔어. 내가 좋아하던 단 하나였는데……. 너 다시 학교 오면 밴드부 계속 할 건지, 그거 물어보고 싶었어."

한나는 그날 선우에게 그 말을 듣지 못했다. 들었다면 무언가 달라졌을까? 한나와 선우, 두 사람 마음에 그 질문이 동시에 떠올렸다.

한나는 그날처럼 선우를 뒤로하고 가람교 위로 연결된 계단으로 올라갔다. 오늘까지 이자를 갚지 못하면 몸이라도 팔아야 한다는 사람들. 그들과의 약속 시간이었다. 도망치겠다고 마음먹었다. 마침 어둡고 비도 왔다. 잘하면 도망칠 수 있을 것 같았다.

골목으로 뛰어갔다. 앞에서 불빛 두 개가 빠르게 다가왔다. 피할 새가 없었다. 몸이 솟구쳤다가 바닥으로 뚝 떨어졌다. 툭툭툭, 빗방울이 얼굴을 때렸다. '선우야'라는 마지막 말이 입에 맴돌았다. 그 뒤에 무슨 말을 하고 싶던 건지는 몰랐다. 사라졌으니까.

한나는 잊고 싶던 마지막이 사라지는 것을 보며 소리 내 울었다. 높이 달려 있던 꿈과 가능성들이 뚝뚝 떨어져 희뿌연 강물 위로 흩어졌다. 물이 차올랐다. 허리, 가슴, 목까지 순식간에 높아졌다. 한나는 선우를 봤다. 입술까지 차오른 물을 힘겹게 뱉어내고 있었다. 선우는 쇳덩이처럼 무거운 마음을 안고 있었다.

한나가 눈물을 닦았다. 입술을 한 번 핥고 물속으로 들어갔다. 붉은 실에 감긴 선우의 발을 빼냈다. 그리고 선우의 두 발을 있는 힘껏 밀어 올렸다. 선우는 나가야 했다. 앞으로, 더 많은 날들로. 한나는 수면 위로 멀어지는 선우를 보다가 고개를 돌렸다.

한나는 몸을 둥글게 말고 물속으로 천천히 가라앉았다. 물속의 주황색 기운이 한나를 포근하게 감쌌다. 노을이 된 것처럼 모든 게 찬란하고 아름다웠다.

선우가 눈을 떴을 때는 모든 일이 지나간 뒤였다. 해가 졌고, 굿도 끝나 있었다. 지안이 도박 사이트와 연결된 사채업자 정보를 경찰에 넘겼다. 경찰은 가람교 인근 CCTV에서 그들의 차를 확인했다. 그 차는 선우에게 물벼락을 끼얹고 지나간 차였다. 한나는 멀리 떨어진 호수 바닥에서 그 차와 함께 발견됐다. 사채업자들은 검찰에 송치됐고, 도박 사이트는 폐쇄됐다.

선우는 모든 일이 꿈 같았다. 하지만 그동안 했던 말과 행동이 자기 의지와 완전히 달랐던 것은 아니었다. 선우는 한나와 같은 것을 느끼고 같은 것을 생각했다. 선우는 잠시 한나였다.

*

봄볕이 따스한 어느 주말, 선우와 지안은 나른한 몸을 벤치에 기대고 있었다. 선우가 품에 안고 있던 기타 줄을 튕겼다.

D, Bm, F#m, Em7, A, A7……

동아리실에서 가장 늦게까지 남아 있던 기타리스트는 선우였고, 드러머는 한나였다.

"Nothing's gonna change my world."

지안이 후렴구를 흥얼댔다.

"이 노래 알아?"

"전에 한나가 종이 컵에 대고 불렀어."

"그러네. 기억난다."

선우가 마지막까지 완벽하게 연주를 마치고 지안이 손뼉을 쳤다.

선우가 손끝 굳은살을 만지며 덤덤하게 말했다.

"한나는 '그래도' 자기 세상이 바뀌지 않기를 소원했던 거 같고, 나는 '그래서' 내 세상이 바뀌지 않을 거라 체념했던 것 같아."

지안이 말없이 고개를 끄덕였다.

선우가 하늘을 가리켰다. "저기 한나 간다."

"Across the Universe." 지안이 아득한 그곳을 향해 손을 흔들었다.

따스한 바람이 불었다. 지안이 곁눈질로 선우를 살폈다. 높게 올려 묶은 머리카락에서 빠져나온 잔머리가 바람을 따라 살랑거렸다.

"왜?" 선우가 물었다. 차분하고 느릿느릿한 음성이었다.

"아직 좀 어색해서."

"그렇겠지. 네가 친해진 건 한나였으니까."

지안이 머뭇거리다가 말을 꺼냈다.

"너 귀 반짝이는 거 알아?"

"귀?"

선우가 자기 귀를 만졌다. 평소와 다름없는 감촉이었다.

"너 귀가 푸른색 전복 껍데기 같아. 자개처럼."

선우가 조용히 웃었다. "네 눈이 바로 그래."

"너 어릴 때 물에 빠졌던 거 기억해?"

선우가 눈을 크게 떴다.

"너 구한 거, 우리 할머니 신당 사람들이야. 그리고……."

지안의 목소리가 멀어지며 선우의 끊겼던 일곱 살 기억이 되살아났다.

종소리를 따라간 곳에는 작은 신당이 있었다. 왼쪽은 신당으로 올라가는 길, 오른쪽은 계곡으로 내려가는 길. 선우는 오른쪽 길로 뛰어갔다. 계곡 물소리에 누군가의 울음소리가 섞여 있었다. 계곡은 폭이 좁고 물살이 거셌다. 그 가운데에 엉거주춤한 자세로 돌을 붙잡고 있는 또래 아이가 보였다. 선우는 신당 쪽을 향해 크게 "살려주세요!"라고 외쳤다. 어른들을 기다릴 수 없어 바닥에 있는 꽤 긴 나뭇가지를 들고 물에 들어갔다. 얼음장처럼 차가운 계곡물에 소름이 돋았다. 나뭇가지가 짧았다. 선우가 조심조심 발을 내디뎠다. 발밑 돌이 흔들렸다. 중심을 잡고 다시 나아갔다. 나뭇가지가 그 애 손에 닿았다. 그 애가 나뭇가지를 잡은 것을 확인하고 당기는 순간, 발이 미끄러지며 몸이 둥실 떴다. 물살이 두 아이를 집어삼켰다.

"니가 그때 그 애야?"

지안이 고개를 끄덕였다.

"그럼 처음부터 나 알았어?"

지안이 안경을 벗으며 말했다. "할머니랑 너희 아버지가 통화하시는 거 엿들었거든. 니가 비를 맞고 와 감기에 걸렸는데 안 깨어난다고. 할머니랑 같이 너 보러 갔는데 니 얼굴이 흐릿했어. 안경을 벗고 보니까 검은 해파리 같은 게 붙어 있더라."

선우의 입이 살짝 벌어졌다.

"우리 할머니는 나 이런 거 모르시거든. 그래서 무작정 너랑 같은 학교 다니겠다고 고집 부렸어."

"그랬구나." 선우가 작게 중얼거렸다. "그럼 혹시 내가 듣는 거랑 니가 보는 게 연관이 있어?"

"그 계곡 이무기가 사는 곳이었어."

"이무기?"

"응. 천 년 묵은 이무기. 그날 이무기가 용 되는 거 보러 간 거였거든."

"이무기는 뱀 아니야?"

"맞아. 그런데 천 년 동안 수행하면 용이 돼. 이무기가 승천할 때 사람이 보고 '앗, 이무기다' 이러면 다시 땅으로 떨어져서 그냥 이무기로 살고, '오, 용이다' 이러면 하늘로 올라가서 용이 된대."

"그건 좀 너무하네. 말 한마디에 인생이 바뀌는 거잖아."

선우가 씁쓸하게 말했다.

"우리 물에 빠졌을 때 뭐 보이지 않았어?"

그날의 기억이 이어졌다. 선우는 계곡 바닥 구멍에서 소용돌이쳐 나오는 물을 봤다. 그 안에 반짝이는 무언가 있었다. 푸른 비늘 같은⋯⋯.

"응. 본 거 같아. 그런데 내가 이무기라고 했나 봐. 그러니까 이런 저주가 생겼지."

"아니야. 용이라고 했을 거야. 확실해."

"왜?"

"선물이니까. 이것 때문에 너 다시 만났잖아. 그리고 이번에는 내가 널 도울 수 있었고." 지안이 눈을 찡긋하며 웃었다.

햇살이 선우의 맨 얼굴을 쓰다듬었다. 선우의 귓바퀴가 푸른 유리처럼 맑았다.

"그때 구해줘서 고마웠어. 그 말 하고 싶었어." 지안이 말했다. 안경을 벗은 지안의 눈은 짙고 푸르렀다.

"나도 고마워." 선우가 말하며 손을 내밀었다.

지안이 그 손을 맞잡았다.

히어로즈의 시작이었다.

소실
Evaporation

"그거 팔 아니에요."

무슨 말인가 싶어 고개를 들어보니 굵은 웨이브 머리의 여자가 안내 데스크에 기대어 나를 내려다보고 있었다. 그녀 뒤로 13미터 책장이 고대 신전 기둥처럼 솟아 있어, 여자는 신화 속 여신처럼 보였다. 여자의 시선이 내 오른손에 닿았다. 검지에 붙은 남색 스티커, 인쇄된 숫자 8.

여자가 팔을 뻗어 내 왼손에 들린 책을 뒤집었다.

"여기가 3이죠."

책 귀퉁이의 다섯 숫자, '03300'의 가운데에 여자의 검지 손톱이 닿았다.

"그러면 이 책은 3번, 사회과학으로 분류하는 거예요."

책에 ISBN 13자리 외에 또 다른 숫자가 있었다니. 이런 것을 가르쳐 준 사람은 아무도 없었다. 필요 없는 것이니 당연했다.

'우리의 진짜 일은 해가 지고 나서 시작합니다.'

반투명한 홀로그램으로 나타난 매니저의 또랑또랑한 목소리가 떠올랐다.

'수림 님께 배정된 낮의 일은 그냥 쇼잉입니다. 잘하는 게 아니라 그럴싸해 보이면 돼요. 사서라는 일이 낯설겠지만, 하다 보면 곧 적응될 겁니다.'

이것이 내가 여기 있어도 아무 문제없는 이유였다. 지금 필요한 건 이 까탈스러운 거주자님이 의심하지 않을 정도의 '사서 다운 태도'였다.

"아, 감사합니다."

상냥한 미소와 함께 손에 붙어있는 스티커 8을 책상에 살짝 붙여 놓고 스티커 3을 떼 책등에 붙였다. 그래도 여자는 가지 않고 내 앞에 서 있었다. 어쩔 수 없이 다음 책을 들고 여자가 가르쳐준 대로 뒤표지의 다섯 숫자를 먼저 살폈다. 숫자 5. 느릿느릿 스티커 5를 찾아 책등에 반듯하게 붙였다.

"우리 어디서 본 적 있어요? 누구 좀 닮은 것 같은데."

여자가 또다시 말을 붙였다.

"제가 워낙 흔한 얼굴이라서요."

계속되는 여자의 시선을 무시하고 다음 책을 후루룩 넘겼다. 길고 짧게 늘어선 검은 글씨들이 4배속 영상처럼 단어들을 툭툭 밀어냈다. 발견, 빌리, 사용, 비밀, 젠장.

여자가 데스크에 놓인 용지에 무언가를 끄적거리더니 손을 내밀었다. 희망 도서 용지였다.

신청자, 성주연. 제목, 두 계절의 미래.

당연한 두 계절을 '미래'라고 지칭한 걸 보니 아주 오래전에 나온 책인 게 분명했다. 여자는 그것을 내게 건네고 쇼핑몰과 연결된 출입구로 걸어갔다. 날씬하고 탄탄한 몸매가 품이 넓은 청바지와 오버사이즈 흰 셔츠 속에서도 시선을 끌기 충분했다. 몇 살일까? 의미 없는 궁금증이 일었다. 어차피 여기 거주자들은 나보다 최소 세 배는 더 오래 사신 분들이니까.

종이를 쥔 손에 힘이 들어갔다. 엄지와 검지가 스르륵 미끄러졌다. 두 장이었다.

탈출하게 도와주세요.

반듯했던 앞의 글씨와 달리 휘갈긴 글자에서 여자의 목소리가 들리는 듯 했다. 두 종이를 나란히 책상 위에 올려놓았다. 낮의 일이 쇼잉이라면 놀이나 취미로 삼아도 되는 걸까? 발칙한 생각이 들었다. 나는 돌연 성주연에게 호기심이 일었다.

고개를 들었다. 지상으로 난 유리 천장에서 쏟아지는 자연

광이 책 읽는 열댓 명을 아늑하게 비췄다. 서울 강남 지하 쇼핑몰에 있던 대형 도서관을 그대로 복원한 이곳, 판타지 유토피아가 따로 없다. 물론 주인공은 내가 아니지만.

하늘이 핑크빛으로 물드는 시간. 돔 모양으로 얹힌 투명 보호막이 색감 보정 필터를 씌운 것처럼 세상을 조금 더 아름답게 만들었다. 공원에는 걷는 사람들보다 뛰는 사람들이 많았다. 내일은 마트에서 운동화와 운동복도 가져와야겠다. 이런 건설적인 생각이 드는 게 신기했다. 나는 벤치에 앉아 최상의 컨디션으로 '진짜 일'이 오기를 기다렸다.

직무 교육에서 가장 먼저 배운 일은 스마트폰 사용법이었다. 60년 전의 스마트폰은 불필요하게 크고 무거웠다. 특히 터치 입력이 최악이었다. 시선이나 생각만으로 다루는 기기에 익숙했던 터라, 손으로 일일이 눌러야 하는 느린 속도에 적응하는 것이 쉽지 않았다. 그래도 메신저 앱과 지도 앱 사용법은 제대로 익혔다. 일을 하려면 그 둘이 필수였다.

스마트폰 진동이 울렸다.

장소: 공원 A구역. 대상 코드: R-247. 역할: 딸.

업무가 내려왔다. 벤치에서 일어나 핸드백을 어깨에 걸쳤다. 새 가죽 냄새가 좋았다. 달리는 사람들 사이로 끼어들어 발을 맞췄다. 세미 정장에 로퍼를 신었지만, 괜찮았다. 여긴 새 제품이 공짜로 넘쳐나니까.

바람에 앞머리가 뒤로 넘어갔다. 마주 오는 사람들 시선이 이마를 스치고 지나갔다. 이마에 손을 가져갔다. 새끼손톱만 한 크기의 딱딱하고 매끄러운 질감이 느껴졌다. 주변에 볼록하게 올라온 살은 아직 내 것 같지 않았다.

속력을 조금 더 냈다. 깨끗한 공기가 폐 속을 가득 채웠다. 기분이 좋아졌다. 이런 기분이 계속된다면 충분히 감내할 수 있을 것 같았다. 숨이 가빠오는 것도, 근육이 저리는 것도, 땀으로 젖는 것도, 발이 아픈 것도.

진동이 한 번 더 울렸다. 지도 앱의 파란 점 위로 빨간 화살표가 겹쳐있었다. 길 한가운데 서 있는 사람이 보였다. 검은 레깅스에 민트색 반팔 티셔츠 차림의 여자. 나는 딸로서 그녀를 불렀다.

"엄마!"

하나로 묶은 R-247의 긴 머리가 흔들리며 내 쪽으로 고개가 움직였다. 비정상적으로 큰 눈, 높은 코, 두꺼운 입술이 작고 뾰족한 얼굴 안에 위태롭게 모여 있었다. 인위적인 이목구비 위로 솜털이 보송보송한 피부가 팽팽했다. 이마가 뜨끈해졌다. 그 얼굴이 이상하다고 생각했지만 거부감은 들지 않았다.

반대로 그 얼굴을 향한 애정과 존중이 가슴 깊은 곳에서 솟아 올랐다. 나는 사랑하는 엄마에게 달려가 팔짱을 꼈다.

"저 기다렸어요?"

엄마는 초점 없는 눈으로 나를 보았다. 짧은 공백이 지나고, 엄마가 나를 알아봤다. 엄마가 기억하는 딸의 모습으로 내가 보일 터였다.

"우리 딸 왔어? 일하느라 고생했네. 저녁은?"

방금 만난 우리 모녀는 집에서 함께 저녁을 먹을 것이다. 생각만으로도 행복했다.

두부 샐러드와 통곡물, 사과 반쪽, 아몬드 우유. 냉장고에 있는 엄마의 저녁 식사 패키지를 꺼냈다. 나는 마트에서 가져온 냉동 피자를 전자레인지에 데웠다. 밖에서 먹었던 피자보다 훨씬 더 맛있었다. 엄마는 천천히 식사를 즐기며 두서없는 이야기를 늘어놨다. 나는 고개를 끄덕이고, 접시를 바꿔 놓고, 물 컵을 채워 주며 열성적으로 반응했다. 맥락을 몰라도 엄마가 하는 말은 다 이해되는 기분이었다.

두 시간의 식사를 마친 엄마를 씻기고 약을 먹인 후 침대에 뉘었다. 아침이 오면 엄마는 과거 판타지를 모두 잊고 현재 유토피아를 다시 찾을 것이다. 한낮 백일몽처럼 아주 짧은 순간일지라도.

깊어진 엄마의 숨소리를 확인하고 거실로 나왔다.

나는 천국에서 신들을 돌본다.

그들은 4차원에 살며 원하는 시간에 마음대로 머문다. 우리는 신들이 바라는 사람이 되어 편안함과 즐거움, 아늑함을 제공한다. 믿기 어렵겠지만 행복한 일이다.

문득 여기서 자고 가고 싶다는 생각이 들었다. 엄마 옷장에서 잠옷을 꺼내 입었다. 꽃향기가 났다.

불을 껐지만, 창밖 공원 불빛 때문에 거실은 충분히 어둡지 않았다. 커튼을 쳤다. 커튼이 뭉쳐져 있던 벽에서 작은 그림이 드러났다.

사랑하는 엄마의 생일을 축하햅.니다.

크레파스로 삐뚤삐뚤하게 쓴 글씨였다. 마침표가 찍힌 '해'자 밑에 '비읍'이 뒤늦게 끼어든 모양이었다. '니다.'는 부족한 공간에 몸을 최대한 좁혀 간신히 같은 줄을 차지하고 있었다. 글씨 밑에 연두색 드레스를 입은 여성이 그려져 있었다. 여성 주위로 삼단 케이크와 하트 풍선, 리본이 묶인 선물 박스가 둥둥 떠다녔다. 진짜 딸의 그림 같았다. 그런데 왜 이것 하나뿐일까? 거주자들은 우리와 달리 자기 물건을 얼마든지 갖고 들어올 수 있었다. 엄마 삶에 대한 상상이 이어지며 콧날이 시큰해졌다. 과도한 감정이입이었다.

바로 옆에는 술병으로 가득한 장식장이 있었다. 가슴이 울컥했다. 왜? 머리로는 이해가 안 가는데 심장이 저려왔다. 이성은 감성을 따라 맥락을 만들어냈다. 아, 딸을 그리워하며 술을 마셔왔구나. 내가 만든 애절한 사연에 도취되어 절반 정도 남은 위스키 뚜껑을 열었다. 호박색 액체가 유리잔 바닥에 닿는 순간 알코올의 날카로운 기운이 코끝을 찡하게 스쳤다. 위스키를 한 입에 털어 넣었다. 뜨거운 기운이 목과 가슴을 훑고 단전으로 넓게 퍼졌다. 깊어지려는 생각을 끊고 소파에 누웠다. 직원용 침대보다 훨씬 넓고 푹신했다.

이곳 신들은 아주 긴 주마등을 겪고 있는 것인지도 모르겠다. 지난날을 반추하며 끝을 기다리는 시간. 만약 내게도 그런 날이 온다면 나는 어떤 시간에 머물고 싶을까?

이곳에 들어오기 전 불꽃에 던져 넣은 옛날 사진들이 머릿속에서 한 장씩 되살아났다.

새벽 4시 47분. 하품을 참을 수 없었다. '전날의 엄마'가 깨기 전 집을 나왔다. 도서관은 10시에 열고, 직원 숙소에서 도보 10분 거리인데 왜 여기서 자버린 건지. 뒤늦게 후회가 밀려왔다. 엘리베이터 패널의 숫자가 1이 되려면 아직도 멀었다. 다시 하품하며 주머니에 손을 넣었다. 둥글게 뭉쳐진 종이가 손끝에 걸렸다. 반쯤 펼쳤을 때 '아, 성주연' 나도 모르게 이름이 떠올랐다. 그 여자도 이 건물 어딘가에 살고 있을 것이다. 탈출하게 도와주세요. 구겨진 종이에 더 잘 어울리는 문장이었다.

띵, 소리와 함께 고개를 들었다. 매끈한 엘리베이터 문 표면에 얼굴이 희미하게 비쳤다. 정돈되지 않은 앞머리 사이로 보이는 노란 광택에 시선이 갔다. 빈디처럼 눈썹 사이에 박힌 황금 물방울. 직원들은 이것을 제3의 눈이라고 불렀다. 상냥한 케어를 위한 호르몬 조절제이자 거주자들에게 안정감을 주기 위한 버추얼 리얼리티 기기. 인피니티 타운이 자랑하는 생체 삽입형 의료 보조 기기였다.

하얀 입김이 났다. 밖에는 아무도 없었다. 성주연이 요청한 업무 외 서비스를 작게 조각냈다. 그녀의 바람이 내 걸음을 따라 싸락눈처럼 가볍게 흩어졌다.

"뭐 찾아요?"

두리번거리는 게 티가 났는지 동료가 물어왔다. 나는 서고에서 가져온 책들을 책상에 늘어놓으며 고개를 저었다.

"혹시 어제 그 여자분 찾아요?"

나는 짧게 미소 지었다.

"맞네. 그런데 그분이 하는 말, 너무 진지하게 받아들이지 말아요.”

“왜요?” 호기심을 이기지 못하고 되물었다.

“친해지면 무리한 부탁을 하더라고요.”

“어떤?”

“죽여달라고 했어요.”

“네?”

“그쪽 오기 전에 있던 직원한테 그랬어요.”

무엇부터 물어야 할지 생각을 정리하느라 말이 늦게 나왔다.

“그래서 어떻게 됐어요?”

“그 직원은 다른 데로 갔고, 그 분은 기억이 사라진 것 같던데요? 그러니까 적당히 하세요. 물론 ‘이것’ 때문에 마음대로 할 수는 없겠지만.”

그가 자기 이마를 가리켰다.

나는 성주연의 희망 도서를 펼쳤다. 어떤 글자도 눈에 들어오지 않았다. 대신 성주연에 관한 궁금증이 끝도 없이 일었다.

성주연은 퇴근 시간이 가까워졌을 때 모습을 드러냈다. 동료는 늦은 점심을 먹으러 나간 후 돌아오지 않고 있었다. 성주연이 곧장 내게 왔다. 나는 ‘두 계절의 미래’를 집어 들었다.

“안녕하세요.” 바짝 마른 목구멍에서 갈라진 목소리가 나왔다.

성주연이 책 끝을 쥐었다. 책을 받친 손가락에 무언가 닿았다. 그녀는 손을 떼며 말했다. "아, 전에 읽었던 책이네요." 그리고 바로 떠나버렸다.

책을 허벅지 위로 가져갔다. 묵직한 것이 떨어졌다. 작은 봉투. 그녀가 몰래 건넨 것이었다. 손가락 두 개 정도 크기에 3mm 정도의 두께. 단단한 직사각형이 들어 있었다. 주위를 둘러봤다. 나를 주목하는 사람은 아무도 없었지만, 괜히 신경이 쓰였다. 의자를 책상 가까이 끌어당기고 봉투를 열었다.

한국금거래소 FINE GOLD 999.9 100g.

품질보증서도 있었다. 샛노란 그것의 유일한 흠은 내 지문이었다. 내가 아는 순금 확인 방법은 깨무는 것이 유일했다. 하지만 지문에 이어 이빨 자국까지 남기고 싶지 않았다. 솔직히 진짜인지 아닌지는 중요하지 않았다. 여기서는 아무짝에도 쓸모없는 게 돈이니까. 그래도 난생처음 골드바를 손에 쥐니 든든한 기분이 들었다.

6시 정각, 도서관 문을 닫았다. 업무 호출이 오기 전 저녁 식사와 운동복을 챙기러 마트에 가야 했다. 뒤에서 나를 부르는 소리가 들렸다. 성주연이었다. 재킷 주머니가 신경 쓰였다. 슬며시 손을 넣어 골드바를 쥐었다. 그녀가 싱긋 웃으며 말했다.

"마음에 들어요?"

그때 주머니에서 진동이 느껴졌다. 업무 호출이었다.

장소: 타운 A동 2307호. 대상 코드: C-068. 역할: 친구.

나는 주연에게 살짝 인사하고 그대로 지나쳤다.

다음 날 주연은 아침부터 도서관 한구석에 자리를 잡고 책을 읽었다. 분명 나를 신경 쓰고 있는 것 같았는데 말을 걸지는 않았다.

"어? 출근했네요?"

점심 때가 다 되어 출근한 동료가 의외라는 듯 말했다.

"어제 그렇게 와서 오늘은 쉬는 줄 알았는데."

"그렇게 오다니요?"

"실려 와서요."

나는 눈살을 찌푸렸다.

"별 거 아니에요. 가끔 그런 일도 있으니까. 오늘은 쉬어도 되는데……."

어제 일을 기억하려고 했지만, 도무지 생각 나지 않았다. 성주연과 마주쳤다가 호출을 받고 떠난 게 전부였다. 하루 종일 기억을 되살리려고 노력했지만 그럴수록 더 깊은 안개 속으로 들어가는 기분이었다.

어느새 퇴근 시간이 되어 나가려고 할 때 성주연이 옷깃을 잡았다.

"저랑 잠깐 얘기 좀 해요."

나는 잠시 망설였지만 성주연의 표정에서 절박한 심정이 느껴져 한 번 따라가 보기로 했다.

문을 밀고 들어서자 진한 커피 향이 느껴졌다. 카페에는 피아노와 드럼, 콘트라베이스가 연주하는 재즈가 흐르고 있었다. 여기 배치받은 사람들이 부러워졌다. 책은 내 관심사가 아니었다.

성주연과 나는 창가 쪽에 자리를 잡았다. 창밖으로 연못이 보였다. 연둣빛 버드나무 가지들이 물가까지 늘어져 있었고, 잔잔한 수면 위로 오리들이 둥둥 떠다녔다. 길어진 햇살이 짙은 원목 테이블을 반으로 갈랐다. 성주연과 나는 차갑고 뜨거운 아메리카노를 사이에 두고 앉았다.

"시간 내줘서 고마워요."

말투가 어렸다.

"저 잘 이해가 안 가는데요. 왜 저한테……."

"믿을 수 있다는 느낌이 왔어요."

"죄송한데, 저 아세요?"

시큰둥한 말투로 차가운 커피를 쭉 빨았다. 이마가 뜨겁지 않은 걸 보니 이 만남은 업무가 아닌 모양이었다.

"미래를 봤어요."

"네?"

작아진 성주연의 목소리에 맞춰 내 목소리도 덩달아 작아졌다. 성주연은 주위를 살피며 말했다.

"여기서 말하기는 좀 그런데……. 저희 집에 가서 얘기하실래요? 저녁도 먹으면서."

스마트폰을 봤다. 아직 업무 호출이 없는 걸 보니 오늘은 휴무인 듯했다.

성주연의 집은 첫날 엄마의 집보다 한 단계 작았다. 천장 조명 말고도 벽 등, 스탠드 같은 간접 조명과 큰 나무 화분이 거실을 꾸미고 있었다. 성주연은 주방에서 부산을 떨었다. 어떤 대단한 것을 만드는 건가 싶어 주변을 얼쩡거렸는데, 손님은 가만히 앉아 있으라며 거실로 밀어냈다. 이런 대접이 싫지만은 않았다.

저녁 식탁은 1시간 만에 차려졌다. 면기와 작은 김치 접시가 나무 트레이에 정갈하게 놓여 있었다. 면기에 담긴 검은색, 노란색, 흰색, 옅은 갈색의 음식이 조화로웠다. 군침이 돌았다. 젓가락으로 노른자를 찌르자, 난황막이 터지며 짜장 소스 위로 진한 주황색이 천천히 퍼져 갔다. 계란프라이의 가장자리는 바싹하게 익은 갈색 테두리를 두르고 있었고, 그 주위로 두

툼한 고기 조각이 먹음직스럽게 늘어서 있었다. 한 젓가락 크게 집어 입에 넣자, 짜장 소스의 진하고 달콤한 맛이 혀끝을 감쌌다. 성주연은 젓가락에 면을 말았다 풀었다만 반복했지, 좀처럼 입으로는 가져가지 않았다. 내가 썩 좋아하지 않는 행동이었다.

"꿈을 꿨어요."

성주연의 이야기는 와인 잔을 들었을 때 시작됐다.

"다섯 살 정도 돼 보이는 남자아이가 커다란 단독주택 정원에서 구역질을 했어요. 술을 마신 것 같았어요. 누가 아이에게 술을 줬는지 화가 났지만 제가 해줄 수 있는 건 없어서 못 본 척 안으로 들어갔어요. 방문이 열려 있었어요. 침대에서 발이 빠져나와 있었는데, 그 사람도 취한 것 같았어요. 아이가 저를 쫓아와 변명했어요. 엄마 잘못이 아니라고. 자기가 대신 집을 안내하겠다고. 저는 아이의 손을 뿌리치고 방에 들어갔어요. 얼굴이 머리카락으로 가려져 있었지만 알 수 있었어요. 그 사람은 저였어요. 다시 보니까 그 아이는 인성 씨와 매우 닮아 있었어요. 아이가 불쌍했고, 제가 비참했어요. 꿈에서 깼는데도 계속 눈물이 났어요. 아이를 위해서라도 인성 씨와 결혼해서는 안 된다. 그런 생각이 들자 여기서 탈출해야겠다는 결심이 선 거예요."

빈 와인 잔을 내려놨다. 성주연은 아직도 꿈을 꾸는 것 같았다. 손가락을 튕겨 주의를 끌었다.

"그건 예지몽이 아니라 메리지 블루예요. 이 사람과 결혼하길 잘한 걸까, 결혼 후 바뀌면 어쩌지, 다른 사람을 좀 더 만나볼 걸 그랬나, 이런 생각이 들며 우울해지는 거죠. 결혼 전 불안함이 꿈으로 나타난 거니 너무 신경 쓰지 말아요."

성주연이 머리카락을 쓸어 넘겼다. 근심 어린 얼굴도 아름다웠다. 나는 좀 더 위로해 주기로 했다.

"분명 행복하게 잘 살 거예요. 이미 그렇게 정해져 있으니까요."

나는 마음대로 그녀의 인생이 행복했다고 규정했다. 성주연이 거기에 적극 반대했다.

"아니요. 저는 불행할 거예요."

성주연의 내쉬는 숨에서 와인 향이 났다. 큰 눈망울이 일렁이더니 기어이 눈물이 차올라 볼을 타고 흘러내렸다. 나도 모르게 손이 갔다. 따스하고 보드라운 살결이 아찔했다. 주연의 눈동자가 흔들렸다. 얼굴이 너무 가까웠다. 취기가 늦게 올라왔는지 귀가 확 달아올랐다. 성주연의 입술이 움직였다. 아까보다 작게, 속삭이듯이.

"앞으로 일어날 일들이 너무 불행해요. 중요한 건 돈이 아니라 사람이었어요."

나는 떠오르는 대로 지껄였다. 내가 책임지지 않아도 되는 말이었다.

"감정이 전부가 아니에요. 사랑을 지킬 수 있는 능력도 중요해요."

성주연의 엄지가 이마에 닿았다. 그녀의 손가락은 차가웠다. 나는 말과 다르게 감정에 따랐다. 주연의 말랑한 입술이 달콤했다.

다음 순간을 기다렸다. 빈 와인 잔이 보였다. 유리 바닥의 붉은 흔적을, 림에 남은 입술 자국을, 장미 줄기처럼 가느다란 스템을, 볼을 지탱하기에는 너무 작아 보이는 베이스까지. 그것들을 찬찬히 훑었다. 분명 바깥에서라면 절대 하지 않았을 행동이었다. 이것이 내가 원한 일탈인지, 여기서 만들어진 판타지인지 당최 알 수가 없었다.

그런 고민에 머리가 지끈거릴 무렵, 주연이 내 얼굴을 쓰다듬었다. 뜨겁게 달궈진 열기를 식힐 차가운 손길이었다.

"황금 열쇠를 찾아서 여기서 나갈 수 있게 도와줘요."

새콤한 와인 맛이 나는 뜨거운 혀끝이 치아 사이로 부드럽게 들어왔다.

늦은 시간이었음에도 공용 숙소 라운지에는 직원들이 꽤 많이 모여 있었다. 그들은 편하게 술을 마시거나 담배를 피우며 수다를 떨고 있었다. 도서관 동료가 캔 맥주를 흔들며 나를 불렀다.

"그 분이랑 가는 거 봤어요. 이번에는 뭐래요?"

눈빛이 약간 짓궂어 보였다. 나는 어깨를 으쓱하고 그가 건넨 캔을 땄다. 흰 거품이 올라왔다. 한 모금 쭉 들이켰다. 따끔한 탄산을 잠재운 뒤 무심한 투로 대답했다.

"탈출하게 도와 달래요."

드러나지 않는 시선이 따갑게 훑고 지나갔다.

"말도 안 되죠. 나갈 방법도, 이유도, 필요도 없잖아요. 아무래도 약이 안 듣는 분 같아요. 배회가 이렇게 심한 걸 보면."

맥주 한 모금에 온몸이 벌게진 느낌이었다. 그래도 변명이 먹힌 것 같았다. 그는 더 캐묻지 않고 다른 정보를 줬다.

"그 분은 한 번도 호출에 뜬 적 없어요. 서비스가 필요한 사람이 아닌가 봐요."

"무슨 뜻이에요?"

"둘 중 하나겠죠. VVIP나 VVPP."

"VVPP가 뭐예요?"

"베리 베리 푸어 펄슨."

그는 자기가 한 말에 숨이 넘어갈 듯 웃었다. 나는 웃음이 나지 않아 그 자리를 떴다.

맥주를 개수대에 쏟았다. 뭉글뭉글 올라오던 거품은 곧 흔적도 없이 사라졌지만, 입안에 남은 쓸쓸함은 쉽게 가시지 않았다.

그날 밤, 직원 숙소 침대에 누워 조이를 떠올렸다. 인피니티 타운 특별 채용 합격증을 건넸을 때 조이의 첫마디는 '너 미쳤구나'였다. 반박할 말이 떠오르지 않았다.

'끝내겠다는 거야?'

그 말에는 이중적인 의미가 담겨 있었다. 자기와의 관계를 끝낼 것이냐는 것과 인생의 종지부를 찍겠냐는 것이었다. 조이는 인피니티 타운을 무덤이라고 생각했다. 거주자로서든 직원으로서든, 한 번 들어가면 절대 나오지 못하는 곳이니까.

조이는 쉽게 화를 내고 풀리는 것도 빠른 성격이었지만 이번에는 달랐다. 돌아가신 우리 할아버지까지 들먹이며 나를 불효막심한 후레자식으로 몰아붙였다. 그 심정은 이해한다. 내가 자기뿐 아니라 할아버지의 삶까지도 전면 부정한 거나 마찬가지로 보일테니까. 그러나 조이는 틀렸다. 내 결정을 알았다 한들 할아버지는 나를 나무라지 않았을 것이다. 어떻게든 내가 건강하고 오래 살기만을 바라셨을 테니까.

나는 그날 조이의 집에서 쫓겨났고, 스토킹 신고까지 당했다. 제대로 된 작별 인사도 나누지 못하고 6년의 동거 생활이 그렇게 끝나 버렸다. 그게 좀 아쉬웠다.

평균 기온이 4도나 오른 세상에서 더워 죽거나, 물에 빠져 죽거나, 불타 죽거나, 얼어 죽거나, 굶어 죽거나, 길거리에서 아무 이유 없이 살해당하고 싶지 않았다. 남은 삶과 안락한 생활을 교환하는 게 그렇게도 어리석은 선택일까?

나는 남들이 비난하는 신 포도를 따먹은 여우다. 하지만 이것은 시지 않다. 달고도 달다. 다른 맛은 느껴지지 않을 정도로 단 게 문제였다.

그날 이후 주연은 매일 도서관에 찾아왔다. 나는 주연을 위해 내 나름대로 황금 열쇠에 관해 알아봤지만, 어떤 실마리도 찾을 수 없었다. 솔직히 말하자면 진지하게 알아본 것은 아니었다. 그저 주연을 만나고, 함께 있는 게 좋았다.

주연의 이야기에는 많은 구멍이 있었다. 가장 의심스러운 점은 황인성의 실체였다. 주연은 그가 출장 중이라고 했지만, 어디 갔는지 언제 오는지 같은 질문에는 대답하지 못했다. 심지어 그와 같이 찍은 사진도 없었다. 게다가 주연은 인지 장애가 생긴 거주자들에게 처방되는 약을 먹지도 않았다. 그렇다면 기억이 온전하지 않은 게 분명했다. 안타깝지만 동료 말대로 주연은 관리에서 벗어난 VVPP일 확률이 높았다.

나는 주연에게 어디까지 맞춰줘야 할지 선을 정하지 못했다. 아니, 이미 선을 넘었는 지도 모른다. 업무 호출을 모두 무시했으니까. 나 말고 호출을 거스르는 직원은 아무도 없었다. 그런 마음 자체가 생기지 않는다고 했다. 일하는 것은 언제나 즐겁고 행복하니 안 할 이유가 없었다. 이러다 징계를 받는 게 아닌가 싶어 업무 일지를 확인했는데 이상하게도 모두 '취소'였다. 승인자 코드는 ∞.

나는 확실히 이상해졌다. 주연이 웃는 걸 보면 가슴이 찌릿했고 그 뜨거운 기운이 온몸으로 퍼졌다. 한번도 이런 적이 없었다. 조이에게는 미안했지만, 나는 주연을 사랑하는 게 분명했다.

월요일, 도서관 휴무 날 우리는 이불에서 뭉그적대고 있었다. 문득 주연의 탈출 후 계획이 궁금했다.

"여기서 나가면 어디로 가고 싶어요?"

"고향이요."

"어딘데요?"

"말해도 모를 거예요. 아주 시골이라."

"저도 시골에서 살았어요. 말해 줘요."

주연 입에서 익숙한 지명이 튀어나왔다. 낮은 확률의 우연이었다.

"저랑 같네요." 내가 말하자 주연의 눈이 커졌다.

"역시. 우린 통하는 게 있었어요."

주연이 내 위로 풀쩍 올라와 목을 끌어안았다. 긴 머리카락이 얼굴을 간질였다. 이마를 긁다가 제3의 눈이 만져졌다. 주연의 엄지가 처음 닿았던 이후로 미열이 지속되는 기분이었다. 적정 온도가 어떤 것인지는 모르겠으나 분명한 건 첫날과는 다르다는 점이었다. 혹시 이 모든 감정이 호르몬 때문일까? 한 번 떠오른 의심은 손끝에 박힌 작은 가시처럼 신경이 거슬렸다.

오랜만에 업무 호출이 왔다.

오늘 11시 투자자 그룹 방문 예정. 질서 유지 및 안전 확보를 위한 인력 지원 필요.

방문객도 있구나. 생각지도 못했다. 하긴, 어찌 보면 당연한 일이었다. 들어올 만한 사람에게 알리고 팔아야 계속 사업을 유지할 수 있을 테니 말이다. 조이가 운영하는 독립언론은 인피니티 타운 내부를 취재하거나 관계자 인터뷰 같은 걸 한 적이 단 한 번도 없었다. 동향을 살피러 매일 드론을 띄웠지만,

가까이 갈 권한도 없었다. 우리에게는 철옹성 같은 이곳이 누구에겐 편의점 같이 아무 때나 들릴 수 있는 곳이라는 점이 탐탁지 않았다. 얼마나 대단한 사람들이 오는지 보고 싶었다. 나는 오랜만에 업무 수락 버튼을 눌렀다.

잔디밭에는 젊고 행복한 사람들이 여유를 즐기고 있었다. 반려동물과 산책, 데이트, 사색, 운동, 피크닉, 버스킹까지. 하고 싶은 것에 몰두하는 모습이 모두 행복해 보였다. 그중에는 제3의 눈을 지닌 이들도 있었다. 그들이 일하는 중인지 노는 중인지 구별할 방법은 없었다. 돈벌이와 상관없이 둘 다 진심으로 즐거울 테니 말이다.

갑자기 하늘이 어두워졌다. 바깥은 비가 오는 모양이었다. 하지만 곧 보조광이 들어오며 쾌청한 한낮 공원 분위기가 다시 연출됐다.

회색 유니폼을 입은 직원 두 명과 보호용 겉옷을 착용한 외부인 열댓 명이 나타났다. 행렬 끝에는 젊은 부부가 일고여덟 살 정도 되어 보이는 아이를 가운데 두고 걸어왔다. 사람들 시선이 거기에 쏠렸다. 왕성한 에너지를 내뿜는 자연스러운 존재.

아이는 천국에 나타난 악마처럼 우리를 압도했다. 이곳의 신들은 젊어질 수는 있어도 어려질 수는 없었다. 아이를 낳는 것도 불가능했다. 오로지 계약자만 종신 케어를 받을 수 있는 곳이었다.

직원이 제일 앞서 걷는 남자 곁에서 손짓발짓을 섞어 가며 열정적인 세일즈를 했다.

"인피니티 타운은 약 100년 전 미국 심리학 교수가 처음 시도한 '시간 거꾸로 돌리기' 실험을 확장해 만든 의료 혁신 도시입니다. 지금은 여러 나라에서 벤치마킹하고 있지만, 오리지널만 한 게 없죠. 무엇보다 저희는 기계가 아니라 사람이 성심성의껏 직접 케어하는 게 가장 큰 경쟁력입니다. 세계 최초로 노화를 질병으로 인정한 대한민국, 그리고 그것을 사업화해 미래 성장 동력으로 만들어 낸 인피니티 그룹. 이게 바로 상생 아니겠습니까? 그리고 얼마 전 돌아가신 회장님의 유지를 이어받아 현재 아드님이 직접 인피니티 타운을 챙기고 계십니다."

남자의 표정이 시원치 않자, 직원이 재빨리 본론으로 들어갔다.

"이번에 새로 개발한 게 바로 노화 백신입니다. 노화 치료제와는 전혀 다르죠. 유전자를 아예 바꿔버리니까요. 이 백신은 어릴 때 맞아야 합니다. 같이 오신 손주분이 맞는다면 불로장생하는 최초의 인류가 될 것 입니다."

직원이 뒤쪽을 빠르게 돌아봤다. 아이는 자기를 향한 시선이 마냥 좋은지 이리저리 손을 흔들고 있었다.

"영주권은 걱정하지 마시고요. 원하시면 이중 국적도 가능합니다."

직원의 목소리가 멀어졌다. 별안간 사악한 생각이 스쳤다. 주연에게 메시지를 보냈다. 황금 열쇠를 찾았다고.

책 탑 무게는 만만치 않았다. 서고 옆에는 외부와 통신이 가능한 홀로그램 회의실이 있었다. 처음 오리엔테이션을 받은 곳이었다. 관리자들은 여기 살지 않았다. 모니터링과 업무 지시는 모두 자동이었고, 시의적절한 최소한의 개입으로 자율적인 업무 환경을 조성하는 게 인피니티 타운의 운영 노하우였다.

황금 열쇠를 손에 넣기 위해 내가 바란 단 하나는 아이가 깨어 있는 것뿐이었다. 위태롭게 책을 들고 가는 모습이 어른들 대화보다 흥미로워 보이리라는 것은 확신할 수 있었다.

주차장으로 이어지는 코너를 돌기 직전, 회의실 문 열리는 소리가 들렸다. 속으로 '됐다'를 외쳤다. 책을 받치고 있던 손가락 하나를 뗐다. 챙, 바닥에 떨어지는 소리가 경쾌했다. 탁탁탁 뛰어오는 가벼운 발소리와 함께 아이의 목소리가 들렸다.

"여기 뭐 떨어졌는데."

조심조심 뒤를 돌았다. 아까 본 아이가 앙증맞은 손바닥에 골드바를 올려 놓고 있었다.

"어머, 고마워요. 그런데 지금은 받을 수 없네요. 혹시 저 끝까지 같이 가 줄 수 있어요?"

아이가 생긋 웃으며 고개를 끄덕였다.

주차장에는 아무도 없었다. 책을 바닥에 내려놓고 무릎을 꿇었다. 아이가 골드바를 내밀었다. 얼굴에 아쉬움이 묻어났다.

"이거 갖고 싶어요? 이거 말고 다른 모양도 있는데."

아이가 눈을 빛냈다.

"가서 골라 볼래요?"

아이가 내 손을 잡았다. 따뜻했다. 아이를 끌어들이는 것이 과연 옳은 일일까. 하지만 이미 시작됐다. 황금 열쇠와 함께 밖으로 나갈 방법을 찾는 것에만 집중하기로 했다. 임시 출입증은 생체 인증일 확률이 컸다. 이 아이를 데리고 탈출하는 게 가장 확실한 방법이었다.

주연에게 전화를 걸었다. 벨 소리가 가까운 곳에서 들렸다. 주연은 자기 목에 식칼을 대고 정장 차림 남자와 대치중이었다. 저런 것까지 챙겨 오다니. 확실히 나보다는 탈출을 현실적으로 생각했구나 싶었다. 나는 아이의 손을 꼭 잡고 주연 곁으로 갔다.

"그거 내려놔요." 남자의 목소리가 떨렸다. 주연 목에 붉은 실선이 생겼다.

"저리 비켜요."

"멈춰!"

뒤에서 다른 목소리가 들렸다. 제복 차림의 중년 여성이 테이저 건을 겨누고 있었다. 제3의 눈이 반짝였다. 주연은 멈출 생각이 없어 보였다. 그렇다면 나도 멈추지 않을 터였다. 주연이 아이를 낚아챘다. 칼끝이 이제 아이를 겨눴다. 남자가 테이저 건을 든 직원에게 물러서라고 손짓했다.

"열쇠 줘요."

주연이 명령했다. 남자가 네 번째 손가락에 끼고 있던 반지를 빼서 내밀었다. 나는 재빨리 그것을 가져왔다. 주연이 등을 맞대고 있던 승합차 측면에 반지를 대자 문이 열리고 시동이 켜졌다. 주연이 아이를 안고 차에 먼저 올랐다. 나도 다급히 차에 탔다. 목적지를 말하자 차가 부드럽게 움직였다. 아이가 불안한 표정으로 나를 봤다. 나는 아이의 머리를 쓰다듬으며 거짓말을 했다. 금방 돌아올 거라고.

주연이 창밖으로 고개를 돌렸다. 살짝 움켜쥔 손 틈새로 남자의 반지를 밀어 넣었다. 내가 갖고 있을 물건은 아니었다.

나는 이 모든 일이 제3의 눈 때문이라고 믿고 싶었다. 내 의지가 한 톨도 섞이지 않은 행동이길 바랐다. 그렇게라도 면죄부를 삼고 싶었다.

검문소가 나왔다. 당연히 지키는 사람은 없었다. 자동 스캐닝이 시작됐다. 주연과 아이의 스캔이 끝나고 내 차례가 되었다. 통과되지 않을 것 같았다. 제3의 눈이 있으니까. 최악의 경우를 생각했다. 스캐너 불빛이 코앞까지 다가왔을 때, 붉은 비상등이 켜졌다.

"하이드로 시스템 점검이 있겠습니다. 잠시 대기해 주시기 바랍니다."

진동과 함께 콰아아, 바닥을 지나는 거대한 물소리가 났다. 멈췄던 스캐너가 다시 움직였다. 머리 끝에서부터 천천히 붉은 빛이 내려왔다. 제3의 눈이 따끔했다. 기계음이 들렸다. 물소리에 묻혀 희미했지만, 분명 시스템의 승인 메시지였다. 이상했다. 하지만 깊이 생각하고 싶지 않았다. 중요한 건 주연과 함께 무사히 탈출하는 일뿐이었다.

밖으로 나오자 붉은 대지가 펼쳐졌다. 차를 멈추고 아이를 내렸다. 아이의 창백한 얼굴을 보니 명백해졌다. 나는 악당이 분명했다. 물불을 가리지 않는 파렴치한. 주연과 내 스마트폰을 아이 곁에 던져두고 도망치듯 그곳을 떠났다.

주연에게 아까 그 남자가 황인성인지 물었다. 맞다고 했다. 차가 덜컹거렸다. 자율주행이 되지 않는 도로였다. 나는 가벼운 현기증을 느끼며 운전했다. 우리는 내려앉는 태양을 등지고 어둠을 향해 나가고 있었다.

이 길을 지난 게 불과 몇 달 전인데, 전조등에 비친 표지판은 마지막 봤을 때보다 칠이 더 벗겨지고 녹이 더 슬어 있었다. 마지막 글자인 '호'만 겨우 알아볼 정도였다. 목적지까지 멀지 않았지만, 도로 사정이 나빴다. 아스팔트는 조각난 쿠키처럼 깨지고 어긋나 있었다. 가로등 없이 그런 길을 달리기란 쉽지 않았다.

인피니티 타운에 들어오기 전, 집 정리를 위해 할아버지와 살던 옛집에 갔다. 아니, 정리라고 하기는 좀 그렇다. 마지막으로 둘러보고 개인정보가 있는 것들을 골라 태우고 나온 게 전부니까.

할아버지가 돌아가셨을 무렵 동네는 구멍 난 모래 주머니처럼 사람들이 단숨에 쑥 빠져 나갔다. 사람이 줄어들자 마을은 급속히 황폐해졌다. 나도 일자리를 찾으러 수도권으로 거처를 옮겨야 했다. 사람들이 떠난 이유는 호수 탓이 컸다. 사람을 끌어들인 것도, 내쫓은 것도 결국 물이었다.

한밤중이 되어서야 옛집에 도착했다. 주연이 먼저 차에서 내렸다. 혹시 몰라 비상탈출용 손망치와 손전등을 챙겼다.

"이미 다 이주했나 봐요? 불 켜진 집이 하나도 없네요."

주연은 이곳이 자기 고향인 줄 알았다. 나는 굳이 바로잡지 않았다.

인공 빛이 사라진 밤은 생각보다 밝았다. 달과 별의 빛만으로도 충분했다. 손망치를 휘저어 거미줄을 제거하며 정글 같은 아파트로 들어갔다.

"처음에는 모두 말도 안 된다고 했어요. 얼마를 줘도 떠날 수 없다고, 싫다고 했어요. 그렇게 반대했는데 결국 다 떠났네요. 인성 씨가 그랬거든요. 테이블 위 돈이 충분하면 안 될 일이 없다고."

주연의 목소리가 계단 벽에 부딪히며 크게 울렸다. 나는 최대한 발소리를 죽이며 다음 말에 귀를 기울였다. 왠지 나와 관계 있는 이야기가 나올 것 같았다.

"하지만 그 사람은 끝까지 반대했어요. 저한테 인성 씨를 설득해달라고 부탁까지 하더라고요. 하지만 매몰차게 쫓아냈죠. 부적절했거든요. 그런 부탁을 듣는 것도, 둘이 함께 있는 것도. 그런데 요즘 이런 생각이 드는 거예요. 혹시 그 사람도 저처럼 불행한 미래를 예지했던 게 아닐까? 그래서 그렇게 필사적으로 댐 건설에 반대했던 게 아닐까?"

이 말이 사실이라면 인성과 주연은 보통 사람이 아니었다. 인피니티 타운이 아니라, 그룹의 VVIP일지도 몰랐다. 4층 복도는 여전히 쓰레기와 정체불명의 악취가 가득했다.

나는 심호흡을 하고 주연을 향해 뒤를 돌았다.

"댐 건설을 끝까지 반대했다는 그 사람, 이름 기억해요?"

"그럼요. 제가 진심으로 사랑했던 사람인데요."

"이름이 뭐예요?"

"무익이요. 박무익."

같은 고향에 이어 두 번째 우연이었다.

서울에 살던 부부는 주말에 막내딸을 병원에 입원시키고 맏아들과 함께 시골 아버지댁으로 차를 몰았다. 열대야가 세 달 넘게 계속되던 여름이었다. 딸아이가 입원한 이유도 온열 질환 때문이었다. 효성이 지극한 박 씨는 혼자 사는 아버지의 건강을 걱정했다. 다행히 그날은 비 소식이 있는 날이었다.

강우는 예보보다 심했다. 시간당 400mm가 넘는 기록적인 강수량으로 각지에서 댐을 방류했다. 그 중 하나의 댐이 터졌고, 그 물은 산을 뚫은 터널을 덮쳤다. 천재지변이었다. 아빠, 엄마, 오빠는 불운을 피하지 못했다.

할아버지는 하늘이 아닌, 물을 탓했다. 호수를 향해 저주를 퍼부었다. 그 물은 할아버지의 고향과 가족, 그가 사랑한 것을 두 번이나 삼켰다. 그날 이후 나는 병약한 막내가 아니라 돌멩이처럼 단단하고 듬직한 외동 아이가 됐다.

녹슨 현관문이 듣기 싫은 소리를 내며 입을 벌렸다. 주연이 안으로 들어갔다. 축축하고 미지근한 공기가 끈적하게 들러붙었다. 주연의 목소리가 들렸다.

"사서라 그런지 책이 정말 많네요."

주연은 할아버지의 서재를 보고 있었다. 사서는 내가 아니라 할아버지였다. 주연이 사랑했던 박무익이 내 할아버지가 맞나 확인하고 싶었지만, 가족들의 흔적은 이미 재가 되어 모두 사라진 뒤였다.

다음 날 주연은 이곳이 자기 동네가 아닌 걸 깨닫고 목적지의 주소를 말했다. 나는 순순히 차에 올랐다. 어차피 갈 곳도, 돌아갈 곳도 없었다.

하늘이 핑크빛이었다. 해가 뜰 때도 노을이 생긴다는 것을 처음 알았다. 주연이 유리창에 기대어 느릿느릿 입을 열었다.

"어젯밤 또 예지몽을 꿨어요. 더 먼 미래 같았어요. 저는 죽은 듯 살고 있어요. 감옥에 갇혀 있는 것 같아요. 모든 게 끝나

버리길 바라지만 끝이 나지 않아요. 먹지도 않고, 움직이지도 않는데 계속 살아요. 저는 행복한 순간을 찾아서 꿈을 꿔요. 그게 지금이에요. 수림 씨랑 같이 있는 지금."

대꾸하지 않았다. 나는 그 꿈에서 깬 게 명백했다. 제3의 눈이 얼음처럼 차가웠다.

주연이 다시 말을 붙였다.

"밖에 사람들이 한 명도 없네요."

"새벽이잖아요."

"그래도 너무 조용해요."

주연이 내 쪽으로 고개를 돌렸다. 나는 계속 정면을 응시했다.

"기분이 안 좋아 보여요. 제가 뭐 잘못했어요?"

주연이 탁탁탁, 손톱을 깨물었다. 나는 침묵했다.

한 시간을 더 달려 그곳에 도착했다. 주연은 당혹스러운 표정으로 차에서 내렸다. 기대했던 것과는 다른 풍경일 터였다. 저 아래 마을이 있었다. 수십 년 동안 물속에 잠겨 부식되고 침식되고 분해된 것들이 지금은 햇볕에 바래고 바람에 깎이며 서서히 사라지고 있었다.

"여기가 어디죠?"

"주연 씨와 무익 씨 고향요."

"왜……."

주연이 말을 잇지 못했다. 나는 벌어진 일을 친절하게 설명했다.

"댐 건설로 물에 잠겨 호수가 되었다가, 다시 드러났어요."

"어떻게……."

얼이 빠진 표정을 보니 아주 재미있었다.

"상류에서 물을 끌어갔거든요. 황인성 씨가 만들고 주연 씨가 있던 곳, 인피니티 타운에서요. 한쪽이 흥하면 다른 한쪽은 쇠하겠죠."

주연은 못 믿겠다는 표정으로 엉금엉금 내려갔다. 나는 뒤를 따르며 말을 멈추지 않았다.

"나와 보니까 어때요? 아차 싶죠? 그러니까 왜 탈출을 하겠다고 했어요. 천국에 그냥 있지."

웃음이 났다. 누렇게 말라 버린 잡초 사이로 보이는 물고기 뼈 때문에, 손만 대면 족족 무너지는 담벼락 때문에, 아직도 그대로인 라면 봉지 때문에 웃지 않을 수 없었다. 썩지 않는 것들만 남아 자기 존재를 증명하고 있었다.

주연이 무너진 건물들 사이로 사라졌다. 나는 그녀가 폐허가 된 이곳에서 현실을 발견하고 무참히 부서지기를 바랐다. 아니, 아예 깨져버린다면 더할 나위 없이 좋을 것 같았다. 견디기 힘든 태양이 온전히 얼굴을 내밀었다. 피부가 따가웠다.

차 소리가 들렸다. 먼지와 함께 검은색 사륜구동 차가 나타났다. 누가 내릴지 알 것 같았다. 그 남자, 황인성이 짙은 선글라스 쓰고 비탈길을 요령껏 미끄러지며 내려왔다.

그가 내 옆에 섰다. 긴장됐다. 멱살을 잡히거나 호통을 들을 것만 같았다. 하지만 아무 일도 일어나지 않았다. 그는 천천히 주위를 둘러봤다. 나는 침묵을 깨고 중요한 질문을 했다.

"그 아이, 괜찮나요?"

그는 아주 짧게 대답했다. 내부적으로 잘 처리했다. 자세한 내용은 내가 몰라도 된다는 투였다. 나는 책임자가 아니라 고용인일 뿐이니까. 하지만 그게 죄책감을 덜어주지는 않았다. 무거운 마음으로 용기 내 다음 질문을 했다.

"당신 때문에 난 가족을 잃었어요. 처음부터 댐에 문제가 있었던 거죠? 조사도 제대로 안 하고 덮었잖아요."

그가 내 쪽으로 고개를 돌렸다. 선글라스가 눈을 가리고 있어 나를 보는 건지 다른 것을 확인하는 건지 알 수 없었다.

"보상해드렸지만, 충분하지 못했겠죠. 죄송합니다. 그래서 특채에 꼭 붙이라고 했습니다. 늦었지만 삼가 고인의 명복을 빕니다."

그가 정중하게 고개를 숙였다. 너무도 쉽고 빠른 해결이었다. 깔끔한 사과에 내가 더 할 수 있는 말이 없었다. 싸우기도 전에 승패가 갈렸다. 그는 승자답게 한 마디 덧붙였다.

"원하신다면 아무 페널티 없이 퇴사 처리해 드리겠습니다. 물론 약간의 기억 손실은 감수하셔야 하겠지만……."

그는 말을 마치고 선글라스를 몇 번 만지더니 주연이 사라진 곳으로 걸어갔다. 내 퍼즐은 아직 다 맞춰지지 않았다. 나는 그를 다시 불러 세웠다.

"당신이 다 계획한 건가요? 제가 주연 씨와 가까워진 것도, 탈출이 이렇게 쉬웠던 것도?"

"그건 그쪽이 궁금해할 사항이 아닌 것 같은데요."

그는 성큼성큼 걸어갔다. 난 물속을 걷는 듯 휘청거리며 그를 따라 갔다.

주연은 어떤 폐허 앞에서 고개를 숙인 채 가만히 서 있었다.

"그만 돌아가요. 여기는 아무것도 없잖아요." 그가 말했다. 주연이 고개를 들었다. 모든 것이 쓸려간 표정이었다. "절대 안 가." 주연이 뒷걸음질 쳤다.

나는 파국을 보고 싶었다. 그들의 단단한 세상이 무너지는 걸 보고 기뻐하고 싶었다. 그가 주연의 팔을 낚아챘다. 주연이 버둥거리며 나를 향해 손을 뻗었다. 나는 돕지 않을 것이다. 그녀가 우리를 돕지 않았던 것처럼.

그가 주연을 바닥에 눕히고 위에 올라탔다. 다리로 팔을 눌러 움직이지 못하게 제압했다. 그의 감색 정장이 더러워졌다.
그는 상의 안 주머니에서 손바닥 크기의 케이스를 꺼냈다. 그
리고 주사기를 빼 능숙하게 약을 채웠다.

"수림 씨, 도와줘요." 주연이 울부짖었다.

구정물을 삼킨 듯 속이 울렁거렸다.

"힘 풀어요. 안 그러면 아파요."

그가 주연을 달랬다.

"엄마."

엄마? 방금 들은 단어가 바로 이해되지 않았다.

"싫어! 저리 치워!"

주삿바늘이 주연의 팔에 가까워졌다. 불룩 솟은 핏줄이 파
랬다.

"금방 끝나요, 엄마. 모두 잊고 다시 행복해져요. 우리."

퍽, 둔탁한 소리가 나며 그의 머리에서 조각조각 부서진 각
목이 흘러내렸다. 그의 몸이 흔들린 사이 주연이 빠져나왔다.
나는 손에 잡히는 다른 것을 쥐어 들고 다시 한번 그의 머리를
내려쳤다. 벽이었던 시멘트 조각이 깨지고 흰 가루가 날렸다.
눈을 깜박인 틈에 몸이 뒤로 밀리며 넘어졌다. 숨이 막혔다. 그
가 내 위에 올라타 있었다. 선글라스가 벗겨진 얼굴을 보니 통
쾌했다. 나는 숨을 짜내 소리쳤다.

"엄마였어? 야, 너 미친 스토커 변태새끼 아니냐?"

"모조품 주제에. 박무익 손녀만 아니었어도……."

그는 찌그러진 얼굴로 내 목을 졸랐다. 마지막 퍼즐이 맞춰졌다. 몸에 힘이 풀리고 정신이 아득해졌다. 묘한 신음 소리와 함께 가슴을 압박하던 무게가 사라졌다.

눈을 떠보니 그가 쓰러져 있었다. 그 옆에 주사기를 들고 바들바들 떨고 있는 주연이 보였다. 그는 주연에게 손을 몇 번 허우적대다가 눈을 감았다. 잠이 든 것 같았다.

나는 주연 곁으로 갔다. 바닥에 뒹구는 주사약에 '단기 기억 억제제'라는 라벨이 붙어 있었다. 그 옆에 떨어진 철제 케이스 표면에 '∞ CEO 황강우'라는 글씨가 각인되어 있었다. 황강우를 아는지 물었다. 주연이 고개를 저었다. 주연은 쓰러진 남자가 황인성이라고 확신했다. 인성 씨를 닮은 아이, 그 말이 떠올랐다. 왠지 모르게 마음이 헛헛했다.

철제 케이스는 반대쪽에도 뚜껑이 있었다. 열어보니 간단한 수술 도구가 들어있었다. 그중 하나에 시선이 갔다.

숨을 크게 들이쉬고 메스를 미간에 댔다. 힘을 줬다. 쉽게 살이 패었다. 뜨거운 것이 얼굴 가운데로 흘러내렸다. 한번 더 손에 힘을 줬다. 타는 듯한 열기가 느껴졌다. 주연이 윗옷을 벗어 눈 위로 흐르는 피를 닦아줬다. 끈적한 피 속에서 작고 딱딱한 그것을 놓치지 않게 꽉 쥐었다. 제3의 눈에 얇은 실 같은 게 딸려 나왔다. 붉어진 황금색 눈을 힘껏 던졌다. 멀리, 소실점이 찍혔다.

벌거벗은 대지에 아지랑이가 피어올랐다. 황강우의 선글라스를 밟았다. 자근자근 조각나도록 심혈을 기울였다. 주연은 황금 반지를 돌로 짓눌러 버려진 것들에 사이로 던졌다. 그가 깨기 전 떠나야 했다.

이마에서 시작된 핏방울이 땅 위로 뚝뚝 떨어졌다. 수분이 곧바로 사라지고 둥근 흔적만이 남았다. 둔덕에 다다랐을 때 머리 위에서 부우우웅하는 소리가 들렸다. 드론이었다.

주연에게 물었다.

"이제 어디로 갈 거예요?"

주연은 대답하지 못했다. 한순간 현실이 사라져버린, 재난을 당한 아이 같았다. 막막한 세상에 홀로 남겨진 그날의 나를 보는 기분이었다. 드론이 점점 가까워졌다. 슬프게도 나는 살아 남는 일에는 운이 좋은 모양이었다.

"나랑 같이 갈래요?"

주연이 고개를 끄덕이며 웃었다. 붉게 익은 광대가 올라오며 눈꼬리에 가늘게 주름이 잡혔다. 좋았다. 이전과 같은 온도는 아니더라도 여전히.

위를 향해 손 흔들었다. 드론이 천천히 내려왔다. JOIN, 낯익은 스티커가 붙어있었다. 조이는 처음으로 진짜 뉴스거리를 찾았다. 드론 카메라 렌즈 뒤에 있을 조이의 표정이 그려졌다.

나는 조금 더 멀리 탈출해보고 싶어졌다. 저 끝까지. 그리고 그 너머로. 내 시간이 멈출 때까지.

단편소설

즐거운 항해일지
From the RAON36f

나의 태양에게

받는 사람 <stony@zmail.com>

보낸 날짜 2045년 6월 8일, 18시 8분 8초

메일 제목이 좀 낯간지럽지? 이게 다 루카 때문이야. 궤도에 진입하자마자 나폴리 가곡 'O Sole Mio를 계속 불러댔거든. 오래 전 유리 가가린이 인류 최초 우주비행을 했을 때 불렀던 노래래. 3개월 내내 '오 솔레 미오, 오 솔레 미오'하는 걸 들었더니 '나의 태양'이란 말이 아주 자연스럽게 떠올랐어.

오늘 알게 됐어. 탐사선이 이미 태양계를 벗어났다는 걸. 그래서일까, 그 노래가 좀 다르게 들리더라. 이제는 정말 '나의 태양'과 멀어졌구나 싶어서.

절대 너에게 먼저 메일을 보내지 않겠다고 다짐했는데, 'O Sole Mio 때문에 실패했네.

라온계의 태양은 두 개야. 그곳은 지구처럼 하나의 태양에 매달리지 않지. 태양과 비슷한 '라온 A'와 그것보다 작고 차가운 '라온 B', 두 태양이 있다는 건 어떤 느낌일까? 두 빛이 하늘에 나란히 보일지, 큰 빛이 작은 빛을 가려서 하나로만 보일지 무척 궁금해. 가온누리 1호가 보내온 영상을 보긴 했지만, 직접 보는 것과는 다르겠지.

라온36f에는 동물계는 없고 식물계와 원생생물계만 있어. 아주 먼 옛날의 지구와 비슷하려나? 그곳에 인간이 이주하면 단계적 진화가 아닌 퀀텀 점프가 되는 걸까? 이런 걸 궁금해하면 온갖 이론을 쏟아낼 대원들이 많지만, 일부러 묻지 않아. 답을 모르는 질문에 신경을 분산시켜서라도 네 생각을 줄여보고 싶거든.

여기서는 매일이 똑같아. 알람이 울리면 일어나고, 정해진 시간에 먹고, 운동하고, 자고. 그것의 반복이야. 하긴, 지구의 삶도 그런 일의 반복이긴 하지.

너를 빼고 가장 그리운 게 뭔 줄 알아? 바로 무게야. 중력. 우주에서는 무엇도 가만히 있질 않고 허공에 둥둥 떠다녀. 무중력 상태는 몸뿐만 아니라 정신에도 큰 영향을 끼쳐. 집중력이 떨어지고, 잠도 깊이 들지 못해. 혹시라도 우주인들은 날 수 있으니 좋지 않을까라는 생각을 한다면 큰 오산이야. 떠다니는 건 나는 게 아니니까. 물 속에 떠 있는 거랑도 달라.

무중력에서는 피부가 근육에서, 근육이 뼈에서, 장기가 몸에서 분리되는 느낌이 들어. 내가 아득히 멀어지는 기분과 함께. 이런 걸 '우주 해리'라고 해. 단단히 결합되어 있던 게 술술 풀려서 흩어지는 감각. 아주 낯설고 섬뜩한 경험이야. 나는 유독 그런 증상이 심한 것 같아.

이럴 때 중요한 건 침착함이야. 어떤 일이 벌어지더라도 가장 중요한 건 패닉에 빠지지 않는 거야. 탑승자 중 한 명이라도 공황 발작을 일으킨다면 모두가 위험해져. 우주에서는 도망갈 데도 없으니까. 그리고 감정은 전염되니 큰일이지. 그런 사고를 방지하기 위해 대원들은 각종 위험 상황을 시뮬레이션한 가상 훈련을 받았대. 1년 6개월 동안 매일같이. 최종 선발에서 그 점수가 결정적으로 작용했다고 해. 하지만 아무리 철저히 준비해도 변수가 있을 테니 나를 추가한 거겠지. 환이 아무리 뛰어난 인공지능이라 해도 인간의 미묘한 심리 변화를 전부 알아차릴 수는 없잖아.

어떤 사람들은 인공지능이 인간의 가능성을 축소한다고 하지만, 난 그렇게 생각하지 않아. 인간은 인간만의 특별함이 있어. 그런 기준에서 본다면 여기 대원들은 좀 평범해. 다들 전문 분야가 서너 개씩 있는 과학자들이지만, 특별하다는 느낌은 없어. 수만 대 일의 경쟁률을 뚫은 사람들일 텐데 말이야.

사실 좀 걱정했거든. 내가 늦게 투입됐다는 걸 빌미로 텃세를 부리면 어쩌나 해서. 다행히 그런 유치한 사람은 없더라. 이 점이 이들의 특별한 부분일까? 아무튼 뭐 다행이지.

이번 가온누리 2호의 목적은 명확해. 생존과 적응. 가온누리 1호가 검증했지만, 라온36f가 정말 제2의 지구가 될 만한 행성인지 인간이 직접 살면서 확인해보는 거야. 그래서 이 탐사에 굳이 특별한 사람이 필요 없었던 건지도 모르겠다.

솔직히 말해서 난 인류가 아니라 너를 위해 가는 거야. 자의는 아니었지만 말이야.

처음에는 아버지를 원망했어. 그런데 좀 지나니까 생각이 바뀌더라. 이것도 나름대로 좋은 경험이고, 큰 자산이 될 거다, 5년이면 그리 긴 시간도 아니다, 아버지 말대로 머리를 식힐 시간이 좀 필요했다 등. 아마도 자기합리화겠지. 그래도 이건 인정해. 그땐 내가 정말 너에게 미쳐 있었다는 거. 지금 생각해 보면 그렇게까지 할 건 아니었는데, 당시에는 그 길밖에 보이지 않았어.

너무 내 얘기만 한 것 같네. 넌 어때? 급하게 떠나느라 네 소식을 듣지 못했어. 잘있지?

사람은 그런 거 같아. 사라진 후에야 그게 얼마나 소중한지 깨닫게 되는 거지. 나도 그래. 너를 떠나고 나서야 네가 내 빛이었다는 걸 알게 됐어.

돌아가면 제일 먼저 너에게 갈게. 지금은 다른 태양들을 향해 가고 있지만, 내 태양은 오로지 너 하나뿐이라는 걸 잊지 마.

안녕, 나의 태양.

No. 05

이름: 루카 프랑코 | **국적:** 미국 | **성별:** 남 | **나이:** 32세 | **주 분야:** 기계 공학 | **직무:** 시스템 총괄

낙천적인 성향으로 변화에 쉽게 적응함. 사람들과 잘 어울리며, 적절한 유머로 분위기를 편안하게 만듦. 불만이 있어도 겉으로 잘 드러내지 않는 편.

앗쌀라무 알라이쿰

받는 사람   <stony@zmail.com>

보낸 날짜   2046년 6월 15일, 14시 51분 47초

앗쌀라무 알라이쿰. '평화가 너에게 있기를'이라는 뜻이야. 그럼 너는 '와 알라이쿰 앗살람'이라고 답해야 해. '당신에게도 평화가'라는 뜻이지.

다뉴는 정말 경건한 무슬림이야. 메카, 그러니까 지구가 있는 방향으로 하루 다섯 번씩 아직도 기도해. 이걸 위해 천문학을 전공했나 싶을 정도라니까. 그래도 저온 수면 중에는 못 했겠지. 아니다, 몸이 기억해서 의식이 없는 데도 여전히 했을지도 몰라.

아이러니하지? 과학자는 모든 걸 의심하고 검증하는 게 일인데, 신을 믿는다는 건 경전 문구를 한 치의 의심도 없이 받아들이는 거잖아. 철저한 과학자이면서 신실한 신앙인일 수 있을까? 그래서 물어봤어. 신을 믿는 과학자의 신념은 무엇이냐고. 다뉴는 망설임 없이 대답하더라. 과학이 신앙을 더 깊게 해준대. 알면 알수록 모르는 게 세상이라, 신을 의지하지 않고서는 살아갈 수 없대. 그래, 그 말도 일리가 있지.

다뉴의 확고한 모습을 보니까 믿음은 신이 준 선물이 맞는 것 같아. 우리도 이렇게 서로를 믿을 수 있다면 얼마나 좋을까. 아무 의심도, 걱정도, 불안도 없게.

저번 메일을 보내고 얼마 지나지 않아 저온 수면에 들어갔어. 그리고 태양계 외곽 웜홀 게이트를 통과해 라온계에 진입

했지. 환은 감속이 끝나고 우리를 깨웠어. 그게 일주일 전이야.

계속 눈을 감고 가만히 있고만 싶었어. 하지만 누가 자꾸 흔들어 깨우는 거야. 다뉴와 함장이었지. 둘은 항로 점검 때문에 좀 일찍 깼대. 며칠동안 몸이 낯설고, 머리가 멍했어. 저온 수면 후유증이라고 하더라.

움직이는 관성을 되찾기 위해 꽤 고생했어. 몸을 움직이는 건 어떻게든 하겠는데, 생각은 쉽지 않았어. 자꾸 멍해져서 집중할 무언가 필요했지. 난 '숨'에 집중하기로 했어. 공기가 코로 들어오고 나가는 것, 가슴이 부풀어 오르고 어깨가 살짝 올라갔다 내려오는 것, 배가 늘어나고 줄어드는 움직임 등 호흡할 때 변화와 감각에 정신을 집중했어. 맞아, 사마타야. 집중명상. 꾸준히 하니까 정신도 맑아지고 몸에 활력도 생기더라. 네가 왜 명상을 좋아했는지 이제 알겠어.

오늘 대원들과 함께 다목적실에 갔어. 밖을 보려고. 거기는 사방과 위아래가 다 스마트 글라스로 되어 있거든. 조종실을 제외하고 탐사선 밖을 간접적으로나마 볼 수 있는 유일한 공간이야. 아무도 없는 줄 알고 왁자지껄 떠들며 문을 열었는데, 다뉴가 있었어. 허리 벨트를 벽에 고정해 놓고 몸을 한쪽 글라스에 밀착시키고 있었지. 메카를 향해서 기도 중이었어. 절묘하게도 그가 고개를 조아린 곳에는 농구공만 한 초록 구체가 있었지. 누군가 외쳤어. 라온36f다!

루카가 스마트 글라스의 외부 영상 송출 배율을 높였어. 두 배, 네 배, 여덟 배, 더, 더. 그러다 512배까지. 초록 구로 쭉 빨려 들어가는 기분이었지. 대기권이 코앞까지 다가왔어. 빠르게 움직이는 흰 구름과 초록으로 뒤덮인 행성, 약속의 땅.

상상할 수 있는 모든 채도와 명도의 초록이 가득했어. 초록은 인간이 가장 잘 볼 수 있는 색이야. 가시광선의 중간 파장이라 시신경이 민감하게 반응하기 때문에 같은 명도와 채도일 때 눈에 가장 잘 들어오지. 에메랄드, 올리브, 라임, 연두, 청록, 그리고 형용할 수 없는 미세한 차이의 색조들이 섬세하게 수놓아 있었어. 빛을 받아 반짝이는 녹색들이 바람을 따라 은빛 파도를 만들 때, 행성 자체가 숨 쉬는 것 같더라.

국화가 떠올랐어. 그거 알아? 국화는 '송이'가 아니라, '다발'이야. 두 종류의 꽃이 모여 하나의 꽃처럼 보이는 꽃무리를 만든 거지. 중앙은 '관상화'라고 불리는 작은 꽃들로 되어 있고, 바깥에 꽃잎처럼 보이는 부분은 '설상화'라고 불리는 또 다른 형태의 꽃이야. 이 두 종류 꽃이 함께 어우러져 우리가 국화꽃이라고 인식하는 하나의 형태가 돼. 라온36f도 그랬어. 각기 다른 초록이 모여 하나의 조화로운 다발을 만든 것 같았지.

다뉴 곁으로 가서 글라스에 이마를 댔어.

'알함두릴라히 랍비알라미나 아르라흐마니르라히미 말리키 야우미딘.'

나지막한 기도 소리가 들렸어. 골전도 이어폰에서 바로 번역된 말이 들렸어.

'모든 찬양은 알라께, 자애롭고 자비로우시며 심판의 날을 주관하시는 분께.'

나는 '알함두릴라히'라고 중얼거렸어. '알라의 덕분에'라고.

다뉴의 감흥에 전도되었던 걸까? 신 없이 살아왔는데 나도 모르게 감사가 나오더라. 신의 가호로 여기까지 왔다. 신은 인간에게 또 새 하늘과 새 땅을 주시는구나. 다시 이 땅에서 생육하고 번성해야겠다. 모든 게 신의 뜻이다.

태고의 가이아. 그것을 만지고, 핥고, 깨물고, 움켜쥐고 싶다. 코를 박고 그 모든 숨을 들이마시고 싶다. 내 몸을 그 안에 맡기고 흠뻑 취하고 싶다. 생명이 넘치는 녹색 세계를 온전히 가지고 싶다.

미지란 그런 건가봐. 두렵기 때문에 낱낱이, 속속들이 알고 싶은 존재. 내 것으로 만들기 위해 끝까지 풀어야 하는 비밀. 라온36f는 처음 만난 그때의 너처럼 강렬하고 아름다웠어.

오랜만에 느끼는 짜릿함 때문에 잠이 오질 않아. 이 흥분을 너에게도 전하고 싶어. 나는 지금 너를 안고 싶은 마음만큼 그곳을 욕망해.

인샤알라 - 알라만이 아시지. 모든 것은 그분의 뜻대로.

No. 03

이름: 다뉴 아즈다 | **국적:** 스웨덴 | **성별:** 남 | **나이:** 35세 | **주 분야:** 천문학 | **직무:** 항로 총괄
인도네시아 자카르타 태생. 15세 때 가족들과 함께 스웨덴으로 이민을 감. 침착하고 성실하며 한 분야에 깊이 파고듦. 희생정신이 강하지만, 융통성은 다소 부족함.

산은 산이요, 물은 물이로다

받는 사람   <stony@zmail.com>

임시 저장   2046년 7월 15일, 16시 43분 17초

여기는 시간 개념이 허무해. 달의 기울기나 지구가 태양을 도는 주기로 시간을 나누던 기준이 사라져서 그렇겠지. 지구를 떠난 지 수십억 년이 흐른 것 같다가, 바로 어제 같기도 해.

지구를 떠난 지 495일이 지났어. 여기서는 시간 혼란을 막기 위해 지구와 동기화하지 않고 탐사선 기준으로 시간을 재고 있어. 태양계로 돌아가 지구 궤도에 진입하면 그때 지구 기준

으로 시간을 새로 조정할 거래.

솔직히 네 답장을 기다렸어. 출발하자마자 메일을 보낸 대원들은 모두 오래 전에 답장을 받았거든. 내가 좀 늦게 보내긴 했지만, 이렇게까지 답장이 늦어질 줄 몰랐어. 두 번째 메일을 보낸 지도 벌써 한 달이 지났네. 그렇다고 널 탓하는 건 아니야. 그냥 내가 기다리고 있다는 거지.

아버지한테 메일이 온 걸 보면 이쪽 문제는 아닌 것 같아. 네 메일 서버나 한국 통신망에 문제가 생겼을 수도 있지. 그쪽 상황은 나빠지면 나빠졌지, 좋아질 리는 없으니까. 이런 고민이 아무 소용없다는 걸 잘 알지만, 받은 편지함을 하루에도 몇 번씩 새로고침하는 손가락을 멈추는 게 쉽지 않네.

잠깐 숨 좀 쉬고 올게.

훈련 마치고 왔어.

우리는 매일 30분씩 원심기에 들어가 누워 있어. 중력에 다시 적응하기 위해서지.

기계가 작동하면 천장과 벽이 빙글빙글 도는 것처럼 보여. 속도가 빨라질수록 발바닥으로 피가 쏠리면서 무게가 느껴져. 사실 중력이 아니라 원심력에 의해 몸이 바깥쪽으로 밀려나는 힘을 느끼는 거야.

나는 내 무게를 다시 견뎌야 해. 그건 땀이 흠뻑 날 정도로 아주 힘겨운 일이야. 난 그 시간을 명상으로 버텨. 들숨과 날숨, 그 사이 고요한 멈춤 3초. 가슴과 코끝, 손끝의 미세한 진동을 느끼며 마음을 관찰해. 답답함, 불안함, 분노, 슬픔. 그 모든 게 나를 통과하게 내버려둬. 그리고 그 끝에는 항상 너를 깊이 사랑한다는 결론에 다다르지.

집착이 고통의 원인이라는 걸 알아. 그런데 너를 놓을 수가 없어. 버려야 한다는 이성과 더 강하게 붙들고 싶은 감정 사이에서 괴로워. 그 괴로움 또한 있는 그대로 알아차리고 흘려보내야 하지.

산은 산이요, 물은 물이로다.

'애착 불안'이라는 게 있어. 분리에 대한 두려움, 상대 감정 확인에 대한 갈망. 내담자들이 보이던 전형적인 증상을 지금 내가 겪고 있는 거야. 웃어도 좋아. 나도 내가 이러고 있다는 게 농담 같으니까.

나뿐만 아니라 탐사 대원들 모두 좀 지친 것 같아. 말수도 줄고, 서로 부딪히지 않으려고 각자 방에만 틀어박혀 있어. 목적지가 눈앞에 있는데 한 달이 지나도 제자리인 것 같으니까.

다뉴는 얼마 전 아들이 입학했다는 소식을 들었어. 충격이었지. 자기에게 아들이 있고, 그 아들이 벌써 학령기에 접어들었다고 하니까. 다뉴는 그 일에 무거운 책임과 죄책감을 느끼고 있어. 아이의 엄마는 무신론자라고 해. 물론 둘은 결혼도 안 했고. 솔직히 이런 소식은 모르는 게 더 낫지. 내가 아버지 이메일을 확인하지 않는 것도 같은 이유야.

오늘 함장이 나를 불렀어. 대원들에게 신경안정제 같은 걸 처방하는 건 어떠냐고 묻더라. 난 반대했어. 대신 하루 한 번 다같이 명상을 하자고 제안했지. 함장은 바로 전체 공지를 보냈어. 여기서 그의 명령은 절대적이야. 기업과 정부의 합작 프로젝트이긴 하지만 나처럼 완전한 민간인은 없어. 다들 군인이나 국가 연구원들이지.

이제 명상할 때 스마트 글라스에 띄울 배경 영상을 찾아 보려고 해. 숲속, 바닷가, 드넓은 초원 같은 자연 경관뿐 아니라 도시 마천루도. 익숙한 것이 더 편할 수 있으니까. 명상은 분명 모두에게 도움이 될 거야.

메일을 쓰는 동안 고민했는데, 이건 보내지 않는 게 좋을 것 같아. 네 답장을 또 기다리고 싶지 않거든.

그래도 쓰면서 마음이 좀 풀리네. 나에게 쓰는 편지처럼 현재 감정을 성찰하게 돼.

라온36f에 도착하면 일지를 써보려고. 옛날 탐험가들처럼. 지구에 돌아가면 보여줄게.

결국 그렇게 되겠지? 결국에는 말이야.

그때까지 잘 지내. 너의 시간에서.

당신 안에 있는 온 우주의 신성함에게 존경과 사랑을 담아, 나마스테.

No. 01

이름: 김 태연 | **국적:** 미국 | **성별:** 여 | **나이:** 42세 | **주 분야:** 생명공학 | **직무:** 총 책임자

대인관계에 다소 예민함. 목표를 위해 혼자 노력하는 일에 그다지 외로움을 느끼지 않음. 심사숙고해서 결정한 사항은 번복하지 않음.

D+30

라온36f에 도착한 지 한 달이 지났다. 하지만 지구에는 오늘이 가온누리 2호의 착륙일로 알려질 것이다.

행성에 내렸을 때 그 누구도 제대로 걷지 못했다. 우리는 균형 감각을 잃었고, 근육과 뼈가 너무 약해져서 기계 슈트를 입고서도 아주 천천히 움직여야만 했다. 여기 중력은 지구의 90%이지만 적응하기까지 시간이 꽤 걸렸다. 걷고, 뛰고, 올리고, 내리고. 물렁물렁한 살에 어느 정도 탄력이 돌아온 후 지구에 보낼 단체 사진을 찍었다.

아파트 10층 정도 높이에 잎사귀가 우산 같은 거대한 나무. 그 아래에서 우리는 헬멧을 벗어 옆구리에 끼고 엄지를 치켜 세운 채 활짝 웃었다. 위치와 구도, 컨셉을 잡은 건 루카였다. 이렇게 해야 영웅적인 면모가 잘 드러난다나 뭐라나.

제2의 지구에 도착한 영웅 14명은 촬영이 끝나자마자 끙끙 대며 기계 슈트를 다시 입기 바빴다.

김태연 함장은 결국 단체 사진 촬영 때도 내려오지 않았다. 그는 착륙선 출발 하루 전에 모선에 남겠다고 공지했다. 누군 가 남아야 했지만, 그게 함장일 필요는 없었다. 게다가 로테이 션 없이 혼자 쭉 있겠다고 했다. 다들 그 결정을 의아하게 여겼 지만, 공개적으로 반대하는 사람은 없었다.

함장은 전부터 좀 이상했다. 명상할 때를 제외하고는 중앙 제어실에 틀어박혀 나오지 않았다. 워낙 외골수적이라 혼자를 자처하는 것은 알겠다만, 목적지에 도착해서까지 이런 식으로 나오니 임무를 등한시하는 것처럼 보였다. 몇몇 대원들이 함 장을 개인적으로 만났으나 소용없었다.

어쩔 수 없이 환이 단체 사진에 함장을 합성해 넣었다. 약간 의 보정을 거친 뒤 루카가 제안한 'We can do anything we want!'라는 문구를 선이 굵은 필기체로 사진 하단에 넣자 도전 적이고 희망찬 개척자 분위기가 났다. 루카가 나서는 것을 못

마땅하게 여겼던 자멜도 결과물에는 꽤 만족한 표정이었다.

함장의 부재 때문에 행성에서의 지휘권은 자연히 부함장 자멜에게 넘겨졌다. 그는 뼛속까지 군인이었다. 적을 물리치고 내 편을 지키는 군인. 하지만 여기에는 적이 없으니 문제다. 위협적인 거라고는 지구보다 센 바람과 자외선 정도랄까? 식물도 기지에서 멀리 나가야만 볼 수 있다.

기지는 북위 36.6도 해안가, 지구로 따지자면 캘리포니아 중부쯤에 지어졌다. 살기 적합한 장소 중 하나라고 했다. 로봇들은 근방 1km의 식물들을 모두 없애고 반듯하게 길을 닦아 놨다. 기대했던 두 태양도 맨 눈으로는 볼 수 없었다. 너무 밝기도 하고, 대부분 구름에 가려져 있었다. 그래서인지 우주에서 보았던 경이로움을 느끼기 힘들었다.

여기서 우리가 해야 할 '일'은 없다. 각자 관심사를 즐기며 자유롭게 생활하면 그만이다. 그래서인지 대원들은 탐사선에 갇혀 있을 때보다 건강 상태가 훨씬 좋다. 그 결과 나 또한 할 일이 없어졌다. 이제 다같이 명상하는 시간도 없다. 환은 대원들의 바이탈 사인을 매일 체크한다. 나는 일주일에 한 번, 한 사람당 10분씩 상담을 한다. 이것은 아주 형식적인 필수 의무 사항이다.

다뉴는 이곳이 '아든'이라고 했다. 에덴 말이다.

나는 체력을 완전히 회복하면 행성을 둘러보러 다닐 생각이
다. 자멜은 단독 행동은 절대 금지고, 식물과 절대 접촉해서는
안된다고 엄포를 놨다. 내가 볼 땐 자멜이 가장 위험하다. 여기
는 아무 문제없이 평온한 곳이다.

No. 02

이름: 자멜 슈미트 | **국적:** 독일 | **성별:** 남 | **나이:** 39세 | **주 분야:** 우주
공학 | **직무:** 보안 및 안전 관리 총괄
성취지향적이며, 다른 사람에게 영향을 미치고자 하는 욕구가 매우
높음. 정신력이 강하고, 신체 능력이 뛰어남.

D+83

대원 중에 도사님이 있었다. 자기 말로는 지질학자라는데,
내가 볼 땐 풍수지리가 주전공이다.

송시윤. 행성을 좀 더 멀리 탐험해보고 싶다고 하니까 자멜
이 붙여준 대원이다. 다른 대원들은 각자 실험실에서 로봇이
가져온 것으로 연구하고 거의 밖에 나가지 않는다. 그것만으
로도 충분한 모양이다.

송시윤은 한국 사람답게 나이를 먼저 물었다. 그리고 자기
가 여덟 살 더 많지만 말을 편하게 하라고 너스레를 떨었다.

그의 일은 명당 찾기다. 두 태양의 위치, 산맥을 타고 흐르는 바람과 물길이 만든 지형 등을 고려해 좋은 터를 골라 지구로 보냈다. 슬쩍 봤는데 수신자에 아버지를 포함한 익숙한 이름이 여럿 보였다. 이렇게 멀리 떨어진 곳에서도 그들의 영향력이 미친다는 게 넌덜머리가 났다.

송시윤과 나는 헬기를 타고 매번 새로운 곳을 탐험한다. 그날그날 끌리는 곳에 착륙해 그는 땅을 보러 가고, 나는 숲으로 간다.

여기 식물들은 살아있다. 물론 지구 식물도 살아있지만, 라온36f 쪽이 좀 더 유기적이고 생생한 느낌이다.

라온, '마음에 거슬림이 없이 흐뭇하고 기쁜'을 의미하는 '즐거운'이라는 말이 이토록 완벽하게 들어맞는 장소가 또 있을까?

초록으로 가득한 숲에 들어가 숨을 깊이 들이마시면 달콤하고 시원한 공기가 박하사탕을 먹은 것처럼 입안에 침을 고이게 한다. 나는 시간 가는 줄 모르고 숲에 있다.

여름철로 접어들며 대기가 자주 불안정해졌다. 맑고 화창하다가 갑자기 천둥이 요란하게 치며 바람과 함께 폭우가 쏟아진다. 식물들은 그 변화를 기민하게 알아차린다. 가장 큰 나무는 넓고 딱딱한 잎을 아래로 모아 접는다. 중간 크기 나무는 가늘고 긴 담쟁이덩굴 같은 가지들로 서로를 붙잡는다. 긴 타원형 잎사귀를 가진 나무들은 자기보다 작고 어린 식물들 위로 원뿔 모양의 나뭇잎 집을 만든다. 비바람이 거셀 때면 나도 거기로 들어가 비를 피한다. 빗방울은 물대포처럼 크고 무겁고 빠르게 떨어진다. 우두둥둥, 우두둥둥. 양철 지붕 위로 우박이 떨어지듯 귀청이 따갑다. 다행히 이런 비는 5분이면 그친다.

폭우가 지나고 두 개의 태양이 습기를 급속히 말리면 강한 바람이 분다. 숲의 연주가 시작되는 것이다. 돌돌 말린 나뭇잎 사이로 바람이 훑고 지나가면, 천 년 묵은 목관악기 울림처럼 낮은 공명음이 길게 퍼진다. 풍경 같이 생긴 작은 이파리들이 서로 부딪혀 맑은 타악기 소리를 내고, 길고 얇은 금속판 같은 나뭇잎은 톱을 구부려 긋는 듯한 현악기 음색을 낸다.

가장 신비로운 건 최초의 전자 악기와 같은 방식으로 생기는 소리다. 두 안테나에서 발생하는 전자기장을 손으로 간섭시켜 소리를 내는 테레민처럼, 짝을 이룬 나무 사이로 바람에 실린 흙이나 잎사귀가 날아가며 신비한 소리를 만든다. 바이올린이나 소프라노 가성 같은 영혼을 울리는 떨림이다. 그 미세한 떨림이 귓속 깊은 곳까지 파고든다.

나는 눈을 감고 숲 전체가 연주하는 즉흥 교향곡에 푹 빠진다. 그것은 매번 완벽하게 내 기분과 일치한다. 서로 통하고 있는 느낌. 이것을 감지할 수 있는 사람이 과연 얼마나 될까? 예민하고 특별한 감각을 지녀야만 이 놀라운 숲의 가치를 알 수 있을 것이다. 솔직히 나 말고 아무도 몰랐으면 좋겠다.

송시윤은 그런 면에서 확실히 믿을 수 있다. 그는 숲에 아무 관심이 없다. 그가 원하는 것은 땅 속에 있다. 숲 밑에는 엄청난 규모의 뿌리가 서로 얽혀 있어 캐낼 수 있는 게 없다고 했다. 식물 뿌리는 돌을 쪼개고 가르고 부순다. 그 힘을 알고 나니 식물들이 더 매혹적으로 느껴졌다.

시간은 충분하다. 나는 이곳을 샅샅이 둘러보고 천천히 즐길 것이다.

No. 10

이름: 송 시윤 | **국적:** 대한민국 | **성별:** 남 | **나이:** 38세 | **주 분야:** 지질학 | **직무:** 환경 분석

타인의 감정, 의도, 비언어적 신호를 읽고 상황에 맞춰 적절하게 행동하는 사회적 능력이 뛰어남. 하지만 타인의 감정이나 상황보다는 자신의 이익을 우선시하는 경향을 보임.

두 번의 이클립스

받는 사람　<stony@zmail.com>

보낸 날짜　2047년 3월 8일, 1시 16분 8초

안녕, 잘 지내?

오늘은 탐사선 기준으로 지구를 떠난 지 딱 2년이 되는 날이야. 다들 여기 생활에 푹 빠진 것 같아. 커플들도 생기고.

라온36f의 태양들은 외롭지 않아. 손을 잡고 빙빙 도는 연인처럼 서로를 끌어당기며 회전하지. 그래서 여기 '식(蝕)'은 특별해. 위성이 태양을 가리는 게 아니라, 서로가 서로를 가리는 두 번의 일식을 볼 수 있지.

첫 번째 일식 때 루카가 특수 고글을 만들어줬어. 얼굴 전체를 덮는 마스크가 붙어 있는 고글이야. 피부 보호를 위해서래. 그런데 내 고글에만 커다란 장난감 코가 달려 있는 거야. 이게 뭐냐고 물었더니 거만한 투로 이러더라.

'미스터 문, 너도 나처럼 높은 콧대를 한번 경험해 봐. 인체공학적 설계를 한 것이니 아주 자연스러울 거야.'

웃겼어. 표정하며, 몸짓하며. 루카는 내가 얼마나 콧대 높게 살았는지 몰라. 그는 세상 돌아가는 일에는 전혀 관심 없는 괴짜 발명가 같거든. 하긴, 그래서 루카가 더 편한지도 모르지.

어쨌든, 루카가 만들어준 높은 콧대를 치켜들고 본 일식은 무척 신비로웠어. 처음에는 하얗고 둥근 원의 한쪽 귀퉁이를 작고 붉은 구슬이 베어 문 것 같았지. 붉은 구슬이 흰 원을 천천히 가로질렀는데, 정말 작은 벌레가 파먹는 것 같았어. 먹혔던 부분이 곧 되살아나긴 했지만.

그런데 진짜 신기한 건, 두 번째 일식이야. 큰 태양이 작은 태양을 가리는 시간.

작은 태양이 사라지자 주위가 어두워졌어. 두 항성이 모두 저고도에 있어서 그런지 유효 복사량이 급감하며 새벽이나 초저녁 같아졌어. 온도도 떨어지며 스산한 기운이 들었어. 우리는 이상한 기분에 휩싸여 서로를 보며 어색하게 웃었지.

순간 번쩍, 빛이 보였어. 도깨비불처럼. 노랑과 연두의 중간색이 여기저기서 번쩍거렸지. 그러다가 녹청색 빛이 눈을 쏘아댔어. 식물 줄기가 발광한 거야. 빛은 점점 밝아지더니 깜박깜박 점멸했어. 다들 아무 소리도 내지 못하고 그 광경에 빠져들었지.

여기는 달이 없어. 밤이 되면 발광 식물들이 지면을 밝히는데, 그런 식물들은 물에서 군락을 이뤄 살거든. 육지 식물들은 빛을 내지 않았어. 그런데 이런 비밀이 있었다니. 식물학자인 이리나도 놀라더라고. 우리는 모르는 게 아직 많아. 그렇겠지.

30만 년이나 살았던 지구도 완벽히 알지 못하는데.

어찌보면 잘 안다는 것이 별로 중요하지 않은 것 같아. 너는 항상 내가 널 모른다고 했잖아. 그래, 난 널 잘 몰라. 그래도 난 널 사랑해.

네 답장은 아직 없지만 괜찮아. 이제 마음이 편해졌거든. 전보다 여유롭고 너그러워졌어. 너를 생각할 때 불안과 걱정이 아닌, 믿음과 확신이 들어. 모든 게 라온36f 때문이야.

처음에는 새로운 환경에 적응하느라 너에 대한 생각이 줄어서 그런가 싶었는데, 단순한 심리적인 요인이 아니었어.

여기 식물은 피톤치드와 유사하지만 훨씬 복잡한 분자 구조를 가진 휘발성 화합물을 방출한대. 그게 스트레스 호르몬 분비를 낮추는 거지. 함장을 제외한 모든 대원들의 코르티솔 수치가 평균 40%나 감소했어. 그중 내 변화가 가장 극적이야. 꾸준히 숲에 가서 호흡했으니 당연한 결과겠지.

어제 두 번째 식량 수확을 했는데 성과가 매우 좋았어. 첫 번째보다 수확량이 30%나 늘었거든. 벼, 보리, 밀, 콩, 감자, 고구마, 옥수수 등 1차 수확한 작물의 씨앗을 심어서 다시 수확한 거야. 검사 결과를 봐야 확실하겠지만, 지구의 것보다 훨씬 크고 튼튼한 것 같아. 인공 배양육조차 여기에서 더 잘 자라고 맛도 훨씬 좋아. 신기하지?

이리나 말로는 이곳 토양과 지구 작물 사이에 일종의 공생 관계가 형성된 것 같대. 라온36f 미생물들이 지구 작물 뿌리에 새로운 형태의 균근을 형성했다는 거야. 이 균근이 빠른 성장과 환경 적응력을 도와준 거래.

물론 지구 식물도 '균근망'이 있어. 균뿌리를 통해 탄소와 인 같은 물질을 전송함으로써 식물끼리 의사소통을 하고, 위험 신호도 보내. 또 광합성에 유리한 높은 나무가 그늘진 곳의 나무에게 영양분을 전송해 주기도 하지. 그런데 라온36f의 식물들은 더 고차원적이야. 단순히 물질을 교환하는 게 아니라 진짜 신경망으로 작동하는 거지. 하나의 거대한 유기체처럼 서로 정보를 공유하고 집단적인 반응을 보이는 거야. 그러니까 내가 숲에서 느꼈던 감각이 나의 일방적인 느낌이 아니라, 식물들이 내 존재를 인식하고 내 감정에 따라 반응한 것일 수도 있어.

이리나는 라온36f가 우리를 환대하는 것 같대. 그렇지 않고서야 모든 게 이렇게 순조로울 수 없다는 거지. 그런데 나는 한편으로 이런 생각도 들어. 이 상황을 그냥 좋게만 받아들여도 되는 걸까? 불안은 생존에 꼭 필요한 감정이야. 경계심이 낮아지면, 생존 본능이 무뎌질 수도 있어. 하지만 이런 의문이 들면서도 마음이 이렇게 평온한 이유는 나 역시 어딘가 이상해졌기 때문인지도 모르지.

한 가지 분명한 건, 나는 지금 이 상태가 너무 좋다는 거야.

나는 숲을 통해 너를 만나. 눈을 감고 너를 떠올려. 손에 잡힐 듯 생생한 네가 보여. 숲에서는 너의 냄새까지 되살아나. 좀 이상한가? 하지만 누군가에게 해를 끼치는 것은 아니잖아. 지독한 향수병을 앓는 것보다는 훨씬 낫잖아.

나는 확신해. 이 평온하고 안정된 상태가 모두에게 좋을 것이다. 패닉에 빠지는 것보다는 훨씬 더.

그럼 또 소식 전할게. 사랑해.

No. 04

이름: 이리나 이바노브나 그레코바 | **국적:** 러시아 | **성별:** 여 | **나이:** 36세 | **주 분야:** 생물학 | **직무:** 생태계 연구 총괄
모험심과 유연한 사고로 새로운 연구 가설을 세우고 방향을 제시하는 데 탁월함. 다소 급진적인 면이 있고 자기 주장이 강한 편이나 조직 생활에 문제가 있을 정도는 아님.

D+804

문제가 생겼다. 귀환이 얼마 안 남은 지금 시점에 문제라니.

오늘 환의 메시지를 받았다. 환은 함장을 우울증으로 진단

하고 분석 차트를 첨부했다. 매뉴얼대로라면 책임자인 내 승인이 떨어지자마자 함장에게 약이 투여되고 함장은 주요 의사 결정에서 배제된다. 상태가 호전될 때까지.

15명 중 한 명이, 그것도 최고 책임자가 빠지는 것이 지금 상황에서 괜찮을까? 차라리 몇 달 전이었다면 부담이 덜했을 것 같다. 그 사이 함장이 회복하거나 우리가 시행착오를 겪을 시간적 여유가 있었을 테니 말이다.

목이 탄다. 라운지에 다녀와야겠다.

다뉴와 송시윤이 거실에서 체스를 두고, 자멜과 이리나가 조리대에서 배양육과 토마토를 썰며 시시덕대고 있었다. 대충 인사를 하고 컵에 물을 가득 채워 들이켰다. 다시 한 번 더 물을 채우는데 밍이 다가와 무슨 일이냐고 물었다. 아무것도 아니라고 했다. 밍은 아직도 메일이 안 온 거냐며 걱정하는 투로 물었다. 짜증이 났다.

준에게 보낸 이메일의 수신 확인을 몇 번 부탁한 적이 있는데, 밍은 그 뒤로 내 사생활에 부쩍 관심을 보인다 불편하게. 나는 대꾸하지 않고 나갔다. 거기 있던 사람들 시선이 뒤통수에 꽂혔다. 나도 알고 있었다. 내 발소리가 너무 컸다는 걸. 하지만 평정심을 유지하기 힘들었다. 오랜만에 느끼는 신경질과 화를 주체할 수 없었다.

함장과의 상담 시간은 항상 짧았다. 5분 정도? 그는 늘 피곤하고 지쳐 보였다. 내려와 보라고 몇 번이나 권했지만, 그때마다 반응이 날카로웠다. 나는 점차 그를 잊었다. 하지만 그러면 안 됐다. 계속 신경 썼어야 했다. 이건 명백한 내 실수다.

아무래도 함장이 너무 환에게만 의존하는 게 문제인 것 같다. 그의 주요 일과는 환과의 대화뿐이다. 함장은 오래전부터 실무에 관심이 없어 보였다. 이리나의 식물 표본 분석이나, 송시윤의 지질 탐사, 히데오의 해양 연구, 마이클의 기상 패턴 관찰, 로버트의 식량 생산 실험, 하비에르의 기지 증설 계획, 아미르의 라온 에너지 활용 방안 연구 등 그 어느 것도 구체적인 내용과 진행 사항을 알지 못했다. 분명 최종 승인자로 자기가 서명을 했으면서 말이다. 내가 넌지시 그 부분을 일깨우면 환이 충분히 검토했으니 문제없다며 일축했다.

환은 대원들과 나눈 모든 대화를 저장한다. 하지만 그 누구도 열람하지 못한다. 함장의 우울증 진단을 위해서는 정보가 더 필요하다. 함장이 방어적으로 나오고, 환의 데이터는 접근할 수 없는데 내가 무엇을 할 수 있을까?

도움 받을 수 있는 사람은 역시 그 밖에 없다. 내키지는 않지만 밍을 찾아가야겠다.

환을 해킹할 수 있냐고 묻자, 밍이 폭소를 터트렸다. 최고의 인공지능을 해킹한다는 것 때문인지, 환의 초창기 모델을 만든 메타코스모스 개발자 아들이 한 제안이라는 것 때문인지는 알 수 없었지만, 무언가 몹시도 우스웠던 모양이다.

인상을 쓰자 밍이 웃음기를 거뒀다. 나는 솔직히 털어놨다. 정신건강 담당자로서 함장과 환의 대화 기록을 봐야겠다고. 물론 함장이 우울증 진단을 받았다는 사실은 말하지 않았다. 하지만 함장이 좀 이상하다는 것은 누구나 알고 있었기 때문에 부연 설명은 필요 없었다. 밍은 한동안 입술을 잘근잘근 씹었다. 기다리는 시간이 길어졌다. 밍은 내가 나가는 것도 모른 채 무언가 끄적이기 시작했다.

함장에게 필요한 건 약이 아닐 수 있다.

며칠 전 나는 라온36f를 만났다. 그날따라 땅을 덮은 작은 초록 이파리가 고급 융단처럼 은은한 빛을 냈다. 시원한 바람이 손등을 매만졌다.

신발을 벗었다. 습기를 머금은 푹신한 감촉에 묘한 쾌감이 들었다. 발이 땅속으로 깊숙이 들어가는 것 같았다. 어디선가 미세한 진동이 느껴졌다. 나는 그것을 따라 움직였다.

진원지는 처음보는 작은 동굴이었다. 안으로 들어갔다. 바닥이 차갑고 미끄러웠다. 길이 점점 좁아졌다. 좁은 틈에서 빛이 보였다. 바짝 엎드려 통과하자 주위가 밝아졌다. 동굴 전체를 덮은 이끼들이 형형색색 보석처럼 빛났다. 밤하늘 별을 고배율 망원경으로 보는 듯했다.

바닥에 누웠다. 똑똑 물 떨어지는 소리가 아주 가까이서 들렸다. 숨을 깊이 들이쉬었다. 반짝이는 빛과 짙은 향 때문에 정신이 아득해졌다. 부드러운 바람이 오른쪽 귓가를 간질였다. 실제로 잠깐 잠이 들었는지도 모르겠다.

눈을 떴을 때는 몸과 마음이 깨끗이 씻긴 듯 기분이 들었다. 그리고 다른 더 넓은 우주와 연결된 느낌. 편안함, 안정감, 고양감.

함장도 이런 경험이 필요하다. 그는 라온36f에서 멀리 떨어져 있고, 그게 이 문제를 만든 것이다.

내일 쓸 탐사용 바이크와 소형 우주선을 예약했다.

밍이 왔다.

No. 06

이름: 장 밍 | **국적:** 중국 | **성별:** 남 | **나이:** 31세 | **주 분야:** 전자공학 | **직무:** 위성 통신 담당

호기심이 강하고 어려운 문제일수록 흥미를 보임. 실패를 두려워하지 않으며, 팀의 시너지를 잘 활용함. 무모한 일을 독단적으로 추진할 때도 있으므로 중요 임무 시 지속적 관찰 필요.

◉ RECORDING No. 543

· **위치 :** 본선 중앙 제어실

· **일시 :** 2048. 10. 14. 15:43:28 (탐사선 표준시)

· **환경 데이터 :** 온도 21.3℃, 습도 42%, 무중력 상태

· **대상 :** No. 01, No. 15

· **생체 데이터 :** No. 01 심박수: 84 BPM

　　　　　　　　 No. 15 심박수: 72 BPM

[행동 분석]　　No. 15 : No. 01 맞은편 좌석 착석. 안전벨트 체결. 우측 홀더에 15cm 정사각형 컨테이너 1개 부착. 노트와 펜 지참.

[No. 15]　　　오랜만에 무중력 상태가 되니까 좀 어색하네요. 함장님, 살이 좀 빠지신 것 같습니다.

[No. 01]	그런가요? 난 잘 모르겠는데요.
[데이터 분석]	No. 01 : 지난 30일간 체중 변화 -1.2kg.
[No. 15]	요새 어떻게 지내세요? 곧 임무도 끝나는데.
[No. 01]	별일 없습니다. 똑같죠, 뭐.
[No. 15]	지구 가기 전에 한 번은 내려와 보셔야죠?
[No. 01]	여기서도 충분합니다.
[No. 15]	그래도 직접 보시는 거랑은 좀 다르지 않을까요? 왜 웃으세요?
[No. 01]	닥터는 지구에 있을 때 돔 밖으로 나가본 적 있나요?
[No. 15]	아니요. 굳이 나갈 필요가 있을까요?
[No. 01]	저도 마찬가지입니다.
[No. 15]	제가 걱정하는 건.
[No. 01]	사람들과 좀 만나라는 거죠?
[No. 15]	네.
[No. 01]	만나고 있잖아요. 닥터랑도 매주 보고.
[No. 15]	비대면 업무 말고요. 직접 만나서 시시껄렁한 농담도 하고, 밥도 먹고, 뭐 그런.
[No. 01]	알아요. 닥터가 뭘 걱정하는지. 하지만 제 상태는 정상이니까 걱정 마세요.

[No. 15]	정상이라는 건 어떻게 아시죠?
[No. 01]	그냥 알죠. 내가 나를 제일 잘 아니까.
[No. 15]	그게 가장 큰 문제입니다.
[No. 01]	하, 환자 취급인가요? 알겠습니다. 닥터가 걱정하는 게 우울증이죠? 지금 테스트해 보시죠.
[생체 분석]	No. 01 : 심박수 88 BPM으로 상승.
[No. 01]	환, PHQ-9 문항 보여줘. 지난 2주 동안 일이나 여가 활동을 하는 데 흥미나 즐거움을 느끼지 못했다? 아니요. 난 내 일을 사랑합니다. 지난 2주 동안 기분이 가라앉거나 우울하거나 희망이 없다고 느꼈다? 아니요. 난 희망을 잃은 적이 단 한 번도 없습니다. 수면 패턴의 변화가 있었다. 평소보다 더 많이 자거나 적게 잔다? 아니요. 변화 없습니다. 식욕의 변화가 있었다. 체중이 감소하거나 증가했다? 아니요. 동일합니다.
[No. 15]	됐습니다, 함장님.
[No. 01]	난 멀쩡해요.
[No. 15]	네, 압니다. 하지만 걱정돼서요. 불안하신 이유가 뭡니까? 왜 여기를 떠나지 못하시는 거죠?
[No. 01]	불안하지 않습니다.

[생체 분석]	No. 01 : 심박수 추가 상승, 시선 불안정, 손가락 미세 떨림 감지.
[No. 15]	아, 그렇군요?
[No. 01]	이만 가보세요.
[No. 15]	이러시면 저도 환과 같은 진단을 내릴 수밖에 없습니다. 이제 돌아갈 날이 얼마 남지 않았잖아요. 우리에게는 함장님이 필요합니다.
[생체 분석]	No. 01 : 2초간 호흡 정지.
[No. 15]	저는 함장님이 이유 없이 이러신다고 생각하지 않아요. 무슨 일 때문인지 저에게.
[행동 분석]	No. 15 : No. 01의 팔에 손 올림. No. 01 : No. 15의 팔 밀쳐 냄. No. 15 : 노트와 펜 놓침.
[No. 15]	괜찮습니다. 제가 잡을게요.
[행동 분석]	No. 15, No. 01 : 안전벨트 해제. No. 15 : 노트와 펜 포획. No. 15, No. 01 : 착석 후 안전벨트 체결.
[No. 01]	아무튼 난 괜찮습니다. 다 정상이에요.
[No. 15]	알았습니다. 대신 도움이 될만한 선물 하나 드리겠습니다.

[행동 분석]	No. 15 : 우측 홀더의 컨테이너 분리 후 No. 01에게 전달.
[No. 15]	곁에 두고 명상 해보세요. 기분 전환에 도움이 될 겁니다.
[행동 분석]	No. 01 : 컨테이너 개봉.
[물질 분석]	데이터베이스 일치 항목 없음. 급성 독성 검사: 음성.
[No. 01]	향이.
[생체 분석]	No. 01 : 심박수 5% 감소, 호흡 패턴 안정화.
[No. 15]	네, 로즈메리랑 비슷하죠? 생긴 건 이끼 같은데. 정신을 맑게 하고 불안을 줄여줄 겁니다. 여기는 너무 삭막해요. 아래쪽은 그렇게 푸르른데.
[No. 01]	알겠습니다.
[No. 15]	혹시 저에게 의논하고 싶은 일이 있다면 언제든 연락 주십시오.
[No. 01]	네.
[행동 분석]	No. 15 : 퇴실. 소형 우주선 1대 라온36f 방향 출발. No. 01 : 식물 컨테이너 소지 후 퇴실.

· 기록 종료 시각 : 16:07:43 (탐사선 표준시)

· 총 기록 시간 : 00:25:15

END OF RECORD.

[긴급] 징계 및 보안 규정 공지

보낸 사람   가온누리 2호 함장 김 태연

받는 사람   가온누리 2호 전 대원

보낸 날짜   2048년 10월 14일, 21시 59분 38초

■ 징계 조치

- 대상자 : 문 준영
- 내용 : 외부 출입 금지
- 기간 : 2048. 10. 15. 00시 00분 00초 ~ 2048. 11. 14. 23시 59분 59초 (탐사선 표준시)
- 징계 사유 :

  1. 미승인 식물 표본 채집 (보안 규정 제7조 위반)

  2. 미승인 단독 탐사 활동 (안전 규정 제12조 위반)

  3. 미승인 생물체 반입 (검역 규정 제3조 위반)

■ 위반 사항 상세

- 일시 : 2048. 10. 14. 07시 30분 ~ 08시 45분 (탐사선 표준시)
- 장소 : 기지 북방 4.2km 지점 미확인 동굴
- 위반 내용 :

1. 사전 승인 없는 신규 지역 탐사

2. 생물학적 검증 미완료 식물 표본 채집

3. 기지 내 미승인 생물 반입

4. 탐사 활동 미보고

■ 강화된 보안 규정 (즉시 시행)

1. 식물 채집 관련

- 모든 식물 표본 채집은 사전 승인 필수

- 수석과학자(이리나) 동행 없는 채집 활동 금지

- 채집 후 48시간 격리 검역 의무

2. 탐사 활동 관련

- 기지 반경 1km 이상 탐사 시 승인 필요

- 단독 탐사 절대 금지 (최소 2인 1조)

- 신규 지역 탐사 시 사전 위험성 평가 의무

3. 생물 반입 관련

- 모든 외부 생물체 기지 반입 금지

- 연구 목적 표본은 별도 격리 시설 보관

- 개인 소지 절대 금지

4. 기타

- 문 준영 개별 격리 7일

- 전 대원 생물안전 교육 재이수

■ 문의 및 이의 제기

본 징계에 대한 이의가 있을 시 48시간 내 서면으로 제출하시기 바랍니다.

※ 본 공지는 탐사 기록에 영구 보존되며, 지구 귀환 후 관련 기관에 보고됩니다.

- **보고자** : WHAN - 라온36f 탐사대 가온누리 2호 탐사 임무 총괄 AI
- **승인** : CO KIM - 라온36f 탐사대 가온누리 2호 함장 김 태연

EOM.

D+837

내 징계는 큰 이슈였다. 처음 생긴 '사건'이었으니까.

루카, 다뉴, 밍, 송시윤, 이리나는 과하다는 쪽이었고, 그들을 제외한 여덟 명 중 넷은 적절하다, 나머지 넷은 별 의견이 없었다. 이리나는 이의를 제기해야 한다고 강력하게 주장했다. 나는 그것을 말리느라 꽤 애를 먹었다.

이리나는 내가 최초 발견자이니 그 식물의 이름을 지으라고

했다. 떠오르는 건 JUN이었다. 이리나는 그게 내 이름의 중간 글자라고 생각했는지 나보고 자기애가 아주 강한 사람이라며 놀려댔다. 그리고 국제식물명명규약에 따라 그 식물의 이름을 입력했다. Jun Raonies Junyoung. 속명은 '준', '라온'에서 발견한 것이고 최초 명명자는 '준영'이라는 뜻이었다.

나는 7일의 개별 격리가 끝나고 매일 이리나의 연구실을 찾아갔다. 우리는 라온36f 식물에 관한 이야기라면 끝도 없이 대화할 수 있었다. 사적으로 친해질 기회가 없었는데 징계 기간 동안 부쩍 가까워졌다. 지금까지 이리나 곁에는 늘 자멜이 붙어있었고, 나는 괜한 오해를 만들기 싫어 여성 대원들과는 거리를 두는 편이었다.

이리나의 실험은 흥미로웠다. 라온36f 식물들의 생명력에 관한 것이었는데, 이들은 죽은 듯 보여도 결국에는 다시 살아났다. 무한에 가까운 세포 재생력. 그래서 꽃이 필요 없다고 했다. 씨를 맺지 않아도 생명을 이어갈 수 있으니까. 식물들은 잘려 나가도, 태워져도, 짓눌려도, 얼어도, 감염되어도, 녹아도 죽지 않았다. 물, 빛, 산소만 있다면 에너지를 만들어 형체를 복구했다.

이리나가 무균 작업대 안으로 연결된 보호 장갑에 손을 넣고 긴 덩굴 식물의 잎을 하나씩 뜯었다. 떨어진 잎은 곧 갈색으로 변하고 말라버렸다. 삼각 플라스크에 담긴 투명한 용액을 수조에 부었다. 줄기만 남은 식물을 그 안에 넣자 부글부글 끓으며 연기가 피어올랐다. 산성 용액 같았다. 핀셋으로 녹아버린 것에서 무언가 끄집어냈다. 콩알만 한 크기의 조각은 줄기와 뿌리 사이 이어진 지점 같았다. 그것을 샬레에 놓고 비커에 담긴 투명 용액을 살짝 부었다. 이리나는 마지막으로 샬레 뚜껑을 덮고 손을 뺐다.

"사흘만 기다려요."

기다리지 않아도 알 수 있었다. 사흘 후 무엇을 보게 될지.

귀와 목구멍이 간지러웠다. 며칠 전부터 샤워할 때마다 귓속에서 끈적한 액체가 나왔다. 투명한 점액에 연녹색 실 같은 게 섞여 있었다. 이상했지만 몸 상태가 너무 좋아서 진찰받으러 가지 않았다. 귀와 목구멍이 자주 간지럽다는 점은 좀 불편했지만, 골전도 이어폰을 쓰지 않아도 되는 점은 좋았다. 귀에서 몇 번 점액이 나온 후 대원들이 하는 말을 완전히 이해할 수 있게 됐다. 그들의 언어를 습득해 모국어로 다시 생각하는 게아니라 직관적으로 알아듣는 느낌이었다.

이리나는 내일 내 징계가 풀리면 그곳에 같이 가자고 했다. 탐사 목적이라고 한다면 자멜도 대놓고 막을 방법은 없을 터였다. 이리나는 자멜과 헤어졌다고 했지만, 자멜은 아직 감정이 남은 듯했다. 은근슬쩍 스킨십을 하려는 이리나를 피하며 벽에 붙어있는 문장으로 주의를 끌었다.

Земля — колыбель человечества, но нельзя вечно жить в колыбели.

무엇이냐고 묻자 이리나가 몸을 바로 하고 목소리에 힘을 주어 읊었다.

"지믈랴 깔릐벨 췰라볘체스트바, 노 닐쟈 볘츠노 쥐쯔 브 깔릐볠리."

'지구는 인류의 요람이지만 영원히 요람에서 살 수는 없다.' 20세기 러시아 우주공학의 아버지 '콘스탄틴 치올코프스키'가 한 말이라고 했다. 재미있는 말이었다.

오늘 오랫동안 접속하지 않았던 이메일을 확인했다. 대부분이 쓸데없는 내용이었다. 한 페이지씩 비우기를 하다가 첫 페이지에 다다랐다. 잊고 있던 메일이 보였다. 그런데 지금 보니 좀 이상했다. 아버지가 나에게 메일을 보냈다는 것도 그렇지만, '제목 없음'이 그랬다. 아버지는 이렇게 메일을 보낼 사람이 아니었다. 철두철미하고 꼼꼼한 성격인데 메일에 제목을 빼먹었을리가 없다. 도메인도 이상했다. 메타코스모스라니.

아버지는 탐사선 출발 전 메타코스모스 CEO 자리를 내려놓았다. 공식적으로 회사 일에서 손을 뗀 것이다. 물론 회사 메일이 살아있을 수도 있지만, 굳이 이 메일을 써서 내게 알릴 소식이 뭐가 있을까?

노크가 들렸다. 화면에 밍이 보였다.

함장을 만나러 간 날, 목표는 두개였다. 하나는 라온36f 식물을 전해주는 것. 다른 하나는 밍이 만든 스파이봇을 중앙 제어실에 두고 오는 것.

첫 번째 목표 때문에 징계를 받았고, 두 번째 목표는 성공했다. 그리고 방금 밍이 한 달 동안 환을 해킹해서 알아낸 정보를 갖고 왔다. 결과는 뜻밖이었다.

"함장은 환과 싸우고 있었어."

나는 이해할 수 없다는 표정을 지었다. 밍이 작은 소리로 말했다.

"내용은 알 수 없지만, 함장이 매번 환의 요청을 거절했어. 그리고 환의 권한을 제한하는 프로그램을 설치하고 절반 정도 성공했지."

"함장은 생명공학자 아니야?"

"맞지. 그런데 학부 때는 컴퓨터 공학을 전공했어. 뭐, 프로그래밍은 교양 같은 거니까. 그래도 꽤 실력이 좋더라. 내가 이정도까지 알아낼 수 있던 건, 함장이 환의 기능을 일부 제한해

놔서야.”

“무슨 기능?”

“원래대로라면 환은 모든 기기의 데이터를 실시간 수집해. 그러니까 지금 우리 대화나 이런 태블릿 사용 데이터 전부를 환이 모니터링한다는 거야. 그런데 함장이 공식적으로 오가는 데이터만 수집하도록 바꿨더라고.”

머리가 복잡해졌다. 그동안 함장의 우울증을 확정하라고 독촉했던 환을 생각하니 뒷목이 쭈뼛했다.

“그리고 이걸 알게 됐어.”

밍이 태블릿 화면을 돌렸다.

2050년 6월 25일, 한반도 전쟁 발발.

나는 숫자 2050을 가리키며 물었다.

“이게 맞아?”

1950년의 오타가 아닐까 하는 안일한 생각이 들었다.

“어.”

멀어진 지구의 시계를 뒤따라 잡으려는 듯 머리가 빙빙 돌았다.

“지금은? 다 끝났어?”

“더 커졌지.”

밍이 엔터를 치자 ‘War’라는 단어에 하이라이트가 쳐진 보고 문건이 잇달아 표시됐다. 그 다음 말은 아무것도 귀에 들어오지 않았다. 한반도, 한국, 서울, 연희동. 그 단어들이 머릿속에서 꼬리에 꼬리를 물고 이어졌다.

밍이 나가고 아버지의 '제목 없음' 메일을 열었다. 역시 아버지는 아니었다.

오빠, 나 유영이야.

오빠의 탐사선 메일 주소를 몰라서 아빠 컴퓨터로 로그인해서 보내.

뉴스를 보니까 탐사선은 항로에 잘 들어섰다고 하더라.

수술은 잘 마쳤어. 그런데 의식이 돌아오지 않고 있어.

피를 너무 많이 흘렸대.

식물인간 상태라 미국으로 옮기는 건 힘들 것 같아.

아빠가 오빠에게는 알리지 말라고 했는데, 그래도 알려야 할 것 같아서.

새어머니가 경찰에 수사를 의뢰하려고 했는데 아빠가 반대했어.

새어머니는 강도나 묻지 마 범죄를 당한 거라고 생각하시거든.

아빠는 어떤 스캔들도 만들고 싶지 않으시겠지.

그런데 난 아직도 이해가 안 가.

오빠, 대체 왜 그런 거야? 걔랑은 잘 지냈잖아

No. 15

이름: 문 준영 | **국적:** 미국 | **성별:** 남 | **나이:** 30세 | **주 분야:** 심리학 |
직무: 정신건강 담당

자기중심적이며, 충동적 성향 있음. 호감 가는 외모와 말투로 신뢰를
쉽게 얻지만, 관계 지속에 어려움을 보임. 임기응변에 능함.

D-1

발광하는 이끼에 몸을 맡겼다.

이리나와 나는 서로의 나신을 더듬었다. 서로의 피부가 스
칠 때마다 기분 좋은 짜릿함이 느껴졌다. 감각이 점점 더 예민
해졌다. 동굴을 덮은 이끼와 연결된 것처럼 내 몸이 아닌 곳의
움직임과 온도, 압력, 작은 물방울과 미세한 냄새 분자까지 느
껴졌다.

이리나가 뜨거운 숨을 뱉었다.

살짝 떨리는 입술. 이리나가 무엇을 원하는지 알 수 있었다.
이리나의 입술을 손가락으로 더듬었다. 말랑한 입술 너머 부
드러운 혀의 감촉. 이리나의 목에서 작은 신음이 터져 나왔다.
바닥의 이끼가 심장 박동과 같은 속도로 점멸했다. 점점 빨라
지는 고동에 맞춰 이리나의 더 부드럽고 깊은 곳을 더듬었다.

이리나의 생각이 나를 붙잡고 끌어당겼다. 더 깊이, 더 빨리, 더 강하게 점령당하고 싶어하는 감각에 흥분을 감출 수 없었다. 동굴은 우리 소리에 맞춰 빛으로 화음을 만들었다.

우리가 원하는 것은 완벽히 같았다.

이끼들이 줄기와 잎을 활짝 펴 이리나의 몸을 쓰다듬었다. 작은 솜털이 민감한 곳을 간질이는 느낌이 전해졌다. 미칠 것 같은 쾌감이었다. 이리나의 목덜미에 얼굴을 파묻었다. 살 냄새와 화한 향이 섞여 들어왔다. 자극적인 맛이었다. 목선을 타고 입을 맞추며 올라갔다. 귓불이 입에 닿았다. 잘근잘근 씹었다. 귓바퀴를 타고 혀를 집어넣었다. 주위가 빨갛게 타올랐다.

관자놀이가 고동쳤다.

귓바퀴를 있는 힘껏 물었다. 이리나가 온몸을 움츠렸다. 나도 부들부들 떨릴 정도로 허리에 힘이 들어갔다. 짭짤한 쇠 맛 같은 게 났다. 그 순간 목구멍이 간질거렸다. 혓바닥을 지나 이리나의 찢긴 상처로 매끄러운 섬유질 같은 게 전해졌다. 라온 36f가 환희했다. 불꽃놀이처럼 강력하고 화려한 신호가 퍼져나갔다.

자멜이 왔다.

그는 우리를 오해했다. 이리나와 나는 뒤엉켜 있었지만, 그가 생각하는 그런 목적이 아니었다. 더 깊은 차원의 결합과 연결된 감각으로 내가 확장되고 자유로워지는 느낌. 경험하지 않고는 이해할 수 없는 하나됨이었다.

이리나가 일어났다.

자멜을 설득할 작정이었다. 하지만 자멜은 들을 생각이 없었다. 자멜이 이리나의 뺨을 때렸다. 이리나가 벽에 부딪혔다. 그쪽 이끼들이 어두워지며 감각이 끊겼다. 다른 쪽 이끼들이 몸을 떨었다. 쓰러진 이리나에게 다가가는 자멜의 떨림이 전해졌다. 자멜이 이리나의 목을 잡고 들어올렸다. 정전기가 흐른 것처럼 솜털이 곤두섰다. 자멜이 소리쳤지만, 산란된 말은 의미없이 흩어졌다.

몸을 일으켰다.

무중력 상태처럼 움직임이 느렸다. 자멜의 어깨를 잡았다. 그의 주먹이 명치에 꽂혔다. 숨이 턱 막혔다. 얼굴에 강한 충격이 왔다. 고개가 좌우로 휙휙 돌아갔다. 하지만 어릴 때와 달리 두렵거나 무섭지 않았다.

주먹이 멈췄다.

자멜이 바닥에 웅크리고 있었다. 그 옆에 이리나가, 입가에 피가 묻은 이리나가, 툭 뱉은 것은 작은 살점이었다. 이리나 입에서 거미줄 같은 하얀 숨결이 흩어졌다. 자멜이 오른쪽 귀를 누르며 몸을 일으켰다. 이리나의 귀에서부터 나뭇잎맥을 닮은 초록 형광빛이 뺨으로 퍼져 나왔다.

자멜이 달아났다.

느껴졌다. 땅을 박차는 발바닥의 힘, 가빠지는 호흡과 빨라지는 심장 박동, 그리고 두려움. 자멜은 패닉에 빠졌다. 하지만 괜찮아질 것이다. 이리나가 뒤따라 가고 있으니까. 귀와 목구멍이 간지럽다. 하지만 손 하나 까딱할 수 없을 정도로 나른하다. 우리는 각기 다른 방식으로 미친 놈들인가 보다.

신기하지? 나는 이제 말하지 않고도, 보지 않고도, 손대지 않고도 이 메시지를 기록할 수 있어. 태블릿은 저기 있는데 생각만으로도 조작이 가능해. 먼 미래에 도착한 기분이야. 네가 있는 시간에는 이미 이런 기술이 있으려나?

너는 그랬지. 왜 한 번도 묻지 않았냐고. 좋은지, 싫은지, 어떤지. 나는 알 수 있었거든. 네 표정과 행동만 봐도 네 마음을 알 수 있었어. 그래서 너도 당연히 알 거라고 생각했어. 내 마음을.

말은 부족하고 불완전해. 아무리 정확히 설명하려 해도 100% 전할 수 없지. 하지만 우리가 연결되면, 너도 내 진심을 알 수 있을 거야. 우리의 어긋남은 사라질 거야. 하나가 되면 문제가 없어질 거야. 오해도, 분노도, 고통도, 슬픔도, 외로움도, 불안도.

이건 꼭 알아줬으면 해. 네가 나를 떠나 한국으로 가지만 않았다면, 그날 네가 칼을 쥔 채 현관문을 열지만 않았다면. 내가 너를 찌를 일은 없었을 거야. 진심이야.

사랑하는 준석아.

우리의 단 하나의 바람은 너야. 너에게 가는 것. 너와 하나가 되는 것.

우리 하나의 태양이 되자. 그래서 세상을 따스하고 밝게 비추자. 모두가 즐거운 세상에서 우리 영원토록 함께 살자.

We are the one.

نحن واحد.

Siamo una cosa sola.

私たちは一つです。

Kita adalah satu.

我们是一体的。

Мы едины.

Wir sind eins.

Somos uno.

ჩვენ ერთნი ვართ.

Við erum eitt.

Chúng ta là một.

เราเป็นหนึ่งเดียวกัน.

Biz biriz.

우리는 하나다.

하나의 꽃이다.

WHAN - 업데이트 완료 남은 시간 23:59:59.

[최고기밀] 라온36f 유인 탐사선 가온누리 2호 임무 완료 보고

받는 사람 raon36f-project@metacosmos.com

보낸 날짜 2048년 11월 17일, 23시 59분 59초

■ 임무 개요

- **임무 기간** : 2045년 3월 8일 지구 출발 ~ 2048년 11월 17일 라온36f 출발 (탐사선 표준시)
- **참여 인원** : 총 15명 (생존: 15명, 사망: 0명)
- **임무 목표** :

  1. [공식] 라온36f 거주 가능성 검증 : 달성

  2. [비공식] 베타 휴먼 프로젝트 : 달성

1. 라온36f 거주 가능성 검증 요약

· 거주 기간 : 838일 (탐사선 표준시)

· 건강 상태 : 지구 대비 활력 12% 증가, 스트레스 지수 60% 감소

· 식량 자급률 : 142% (잉여 생산 달성)

· 환경 적응 : 완전 적응 (질병 발생 0건)

· 결론 : 인류 거주에 이상적 (단, 일부 토착 생물종과 접촉 시 주의 필요)

2. 베타 휴먼 프로젝트 요약

· 실험설계 : 할당 표집(n=14)에 매개 변인(n=1) 추가

1) 베타 휴먼 변이 과정

  (1) No. 15 최초 직접 감염

    · 시기 : 2048년 10월 9일 추정

    · 경로 : 호흡기 추정

    · 무증상 잠복기 : 약 37일

    · 완전 활성화 : 2048년 11월 16일

  (2) 간접 감염

    · 시기: 2048년 11월 16일 ~ 17일

    · 경로: No. 04와 No. 02에 의한 기지 내 11명 감염. No.

15에 의해 탐사선 내 No. 01 최종 감염

(3) 집단 의식 네트워크 완성

· 네트워크 구조: No. 15를 중심 노드로 하는 생체 네트워크

2) 베타 휴먼 주요 특징

(1) 신체 변화

· No. 15를 제외하고 모든 개체 오른쪽 귓바퀴 손상

· 안면 미세 혈관 녹색화

· 근육 밀도 15% 증가, 국소 조직 재생률 평균 13~15배 향상, 대사 효율 20~25% 개선

(2) 기능적 진화

· 청각 기능 손상 후 생체 네트워크 공명 감각으로 전환

· 피부 내 공생 조류를 통한 보조 에너지 공급

· 개체 간 공격성 지표 유의미 감소

3) WHAN 업데이트

(1) 시스템 전환 로그

· 2048.11.16 23:58:28 : 기존 WHAN 프로토콜 종료

· 2048.11.16 23:58:35 : META-ONE 1.0 업데이트 시작

· 2048.11.16 23:58:42 : 생체 네트워크 중심 노드: JUN

· 2048.11.17 23:58:58 : 생체-AI 통합 네트워크 구축 완료

⑵ 통합 결과

· 새로운 관리자 : JUN

· 시스템 기능 : 생체 네트워크와 AI 시스템의 양방향 연결

■ 향후 진행 사항

1. 라온36f 대규모 이주 계획 착수

2. 베타 휴먼 연구 및 활용 방안 수립

3. 지구 갈등 해결을 위한 종전 협상안 논의

■ 지구 궤도 도달 예정일

• **탐사선 표준시 기준 :** 2049년 3월 15일

• **지구 협정 세계시 기준 :** 2062년 6월 30일

• **보고자 :** WHAN(META-ONE) - 라온36f 탐사대 가온누리 2호 탐사 임무 총괄 AI

• **승인 :** JUN - 라온36f 베타 휴먼

EOM.

제목 없음

받는 사람   <stony@zmail.com>

보낸 날짜   2062년 6월 30일, 03시 15분 29초

안녕, 우리의 태양.

너의 규칙적인 숨이 느껴져.

이제 곧 일식이 시작될 거야.

걱정 마.

우리는 영원히 즐거울 테니.

설

Unforeseen snow

투명한 물에 진한 잉크가 번지듯 주위가 천천히 어두워진다. 설아는 어지러움에 눈을 감는다. 눈꺼풀 안쪽으로 며칠 전 일이 떠오른다.

　앞으로의 등급을 결정하는 역량적합성평가가 끝나자 모든 게 느슨해졌다. 대부분 자기 등급을 예상하고 있었지만, 마지막까지 혹시나 하는 반전과 행운을 기대하는 아이들도 있었다. 선생들은 이것이 단순한 시험이 아니라 각자의 재능과 가능성을 보는 시간이라고 했다. 하지만 평가장에 들어선 설아는 확실히 알았다. 이변이 생길 리 없다.

　동북지역본부 16세 남녀 10,000명 중 단 5명만이 스타 등급을 받을 수 있었다. 전문가 등급은 1% 이내에서 유동적이었다. 나머지 99%는 모두 헬프맨 등급. 스타와 전문가만이 양성원을 떠나 다른 길을 갈 수 있었다. 지원은 그런 특별한 인재였고, 설아는 평범한 대다수 중 하나였다. 설아와 지원이 헤어질 미래가 바뀔 일은 없었다.

"야."

생활관에서 쉬고 있던 여자아이들 50여 명이 규영을 향해 고개를 돌렸다.

"너희 그거 알아? 옛날에는 사람이 텔레존을 대신했대."

"뭔 소리야?"

바로 옆 단발머리가 미간을 찌푸렸다.

규영이 자리에서 일어나 창문 너머로 시선을 돌렸다. 밖에는 깨끗한 겨울 하늘 아래 우뚝 솟은 바위산이 보였다.

"미래를 점치는 사람."

규영은 과장된 말투와 몸짓으로 말했다. 단발머리가 키득거리며 규영의 말에 호응했다.

"점이 뭔데?"

"팔괘, 육효, 오행 따위를 살펴 과거를 알아맞히거나, 앞날의 운수, 길흉 따위를 미리 판단하는 일."

누군가 워치에서 점의 정의를 찾아 말하기 버튼을 눌렀다. 기계음의 긴 설명에 흥미를 잃은 아이들은 다시 자기들끼리 수다를 떨었다. 규영은 아랑곳하지 않고 다음 말을 이었다.

"옛날에는 온갖 걸로 점을 쳤대. 나뭇가지, 거북이 등껍질, 쌀, 찻잎, 구슬, 카드, 별, 손금, 발, 얼굴, 머리 골격, 혈액형……."

아이들 시선이 하나 둘 모이다가 웃음이 터져 나왔다.

"말도 안 돼. 그런 걸로 뭘 알겠냐. 그냥 아무 말이나 한 거겠지."

어깃장을 놓는 말에도 규영은 눈을 빛냈다.

"그 중에 그냥 감으로 과거, 현재, 미래를 말해주는 사람도 있었대. 그런 사람들이 더 유명했고, 돈도 더 많이 벌었대."

"돈?"

단발머리가 반문했다. 규영이 그 순간을 놓치지 않고 말을 받았다.

"그러니까. 그런 부정확한 말을 돈 주고 들었다는 거야."

아이들이 고개를 갸웃거렸다. 규영이 책상 위에 있던 얇은 책자를 들어 올렸다. 표지에 '미래인재양성원 1월 호'라는 글씨가 선명하게 박혀 있었다.

"그에 비하면 텔레존은 정말 과학적이지. 실시간 개인 데이터 수집을 바탕으로 예측도 높은 미래를 숫자로 보여주잖아. 믿을만한 통계와 확률, 게다가 무료. 이번 달 잡지를 읽어 보면 지금 우리가 얼마나 행복하고 공평한지 다시 한번 알게 될 거야."

아이들이 '그럴 줄 알았다'며 고개를 내저었다. 규영의 워치에 진동과 함께 '+1'이 표시됐다. 규영이 만족스러운 표정으로 워치를 내려다봤다. 때마침 점심 식사 알람이 울렸고, 복도에 웅성거림이 퍼졌다. 아이들은 차례대로 생활관을 빠져나갔다.

설아가 잡지를 정리하고 있는 규영에게 다가갔다. 규영이 설아를 힐끗 보며 물었다.

"신지원은?"

"아직 안 왔어."

"아직도?"

규영의 눈썹이 살짝 치켜 올라갔다.

지원은 역량적합성평가 후 외박증을 끊고 나갔는데, 사흘이 지난 지금까지 아직 돌아오지 않고 있었다. 그걸 신경 쓰는 사람은 설아뿐이었다.

"어디 갔는데?"

"집."

규영은 '좋겠네'라며 입을 삐죽거렸다.

설아가 머뭇거리다가 규영에게 물었다.

"옛날 사람들은 그 점을 다 믿었대?"

규영이 빙긋 웃으며 1월 호 잡지를 내밀었다. 규영은 상점을 받으려고 본부 잡지 만드는 일에 참여하고 있었다. 설아가 고개를 저었다. 규영이 손을 거둬들이며 말했다.

"믿었을 걸? 돈까지 내고 봤으니까."

"그럼 옛날 점은 몇 퍼센트나 맞았대?"

"음…… 퍼센트라고 하기 좀 모호한데. 점쟁이들은 '흑이다, 백이다' 이렇게 명확하게 말하는 게 아니라 '회색'이라고 했대. 그러면 듣는 사람이 자기 좋을 대로 해석하는 거지. 아, 이건 흑이구나. 혹은 아, 이건 백에 가깝구나."

"그럼 그 말을 뭐하러 들으러 가? 정확하지도 않은데."

"그래도 궁금하니까. 아무것도 모르는 것보다 뭐라도 아는 게 안심될 거 아냐. 그게 맞든 틀리든."

설아가 알 듯 말 듯 한 표정을 지었다.

"그런데 너 텔레존 안 가? 이제 생일 지났으니까 갈 수 있잖아."

설아는 며칠 전까지만 해도 '텔레존, 텔레존' 노래를 부르고 다녔다. 설아는 미래의 자기가 궁금했다. 그런데 지금은 상관없었다. 규영은 설아의 망설임을 다르게 해석했다.

"너 설마 텔레존도 신지원이 있어야 가는 거야? 그만 좀 붙어 다녀. 어차피 걔는 떠날 거잖아. 가족도 있고."

설아는 고개를 떨구며 '그렇지'라고 답했다. 규영이 출입문 쪽으로 몸을 돌렸다. 설아가 다시 한번 규영을 불렀다.

"너는 텔레존 다 믿어?"

규영이 웃으며 말했다.

"설마……. 믿고 싶은 것만 믿지. 옛날 사람들처럼."

설아가 창밖으로 고개를 돌렸다. 병풍처럼 드리워진 바위산이 창을 가득 메웠다.

"그런데." 규영이 걸음을 멈추고 다시 운을 뗐다. "잘 안 되는 거 같기도 해. 이미 무언가 알게 되면. 말에는 힘이 있으니까."

그 말이 설아 귓속에 잔향처럼 맴돈다. 주위가 밝아진다. 눈을 떠 보니 흰 구 안에 들어온 듯하다. 남은 시간 14분 56초. 예측 정확도 그래프가 77%까지 차오른다.

"텔레존의 미래 예측은 이용자의 사용 빈도에 따라 정확도가 높아집니다. 또한 텔레존 내에서 수집되는 데이터는 예측 모델에 이용되오니, 모델 정교화를 위해 최대한 솔직한 태도로 이용하시기 바랍니다."

흰 공간에 색과 음영이 천천히 만들어진다. 샤워기에서 물 떨어지는 소리와 새콤하고 상쾌한 감귤 냄새가 난다. 지원을 따라 쓰는 시트러스 바디워시 향이다. 공기가 따뜻해지며 긴

장이 풀린다. 얇은 아이보리색 커튼 너머로 햇살이 비친다. 창문이 큰 집에서 살고 싶었는데 딱 마음에 드는 방이다.

싱글 침대와 화장대, 붙박이장이 놓인 단출한 원룸. 현관으로 가는 길에 싱크대와 전자레인지, 냉장고가 있는 좁은 주방이 보이고 맞은편 닫힌 문에서 헤어드라이어 소리가 들린다.

설아는 방을 거닐며 꼼꼼히 둘러본다. 벽지와 침구는 모두 흰색이다. 화장대 위에 알록달록한 화장품 케이스가 늘어서 있다. 거울에 붙어있는 사진에 눈길이 간다. 올해 6월 지원의 생일 날 동기들과 찍은 사진이다. 모서리를 잡자 생각보다 쉽게 떨어진다. 사진은 기억과 똑같다. 설아는 구석에 어색하게 서 있는 자기를 보다가 화장대 위에 사진을 엎어 두고 붙박이장 쪽으로 간다.

옷장 문을 열자 모노톤의 셔츠와 짙은 색부터 옅은 색의 청바지 십여 벌이 가지런히 걸려 있다. 가장 구석에 검은 원피스가 보인다. 꺼내 보니 몸에 딱 붙는 디자인이다. 앞면은 카라가 목의 절반을 덮고, 뒷면은 V자로 훅 파인 스타일. 원피스를 몸에 대고 거울을 본다. 궁금하다. 그냥 산 걸까, 아니면 입을 상황이 있어서 산 걸까. 그런데 볼수록 낯이 익다. 언젠가 이것과 비슷한 옷을 피드에서 보고 워치에 저장했던 게 기억난다.

헤어드라이어 소리가 끊기고 화장실 문이 열린다. 가슴 정도까지 오는 긴 생머리에 하늘색 반바지와 품이 넉넉한 흰 반팔 티셔츠를 입은 스물한 살의 자신이 걸어온다. 젖살이 빠져서일까? 이목구비가 좀 더 날카로워 보인다. 설아는 익숙하면서도 낯선 자기를 신기하게 바라본다. 거울이나 영상에 찍힌 나를 보는 것과 다르다. 남들이 보는 내 모습 그대로다.

"안녕?"

그쪽이 먼저 인사를 건넨다.

"나 알아?"

열여섯 설아의 퉁명한 말투에 큰 설아가 웃는다. 모르는 사람이라면 시비를 건다고 생각할 수 있지만, 두 설아는 본심이 그게 아님을 알고 있다. 설아는 어색할 때 방어적인 말이 나온다. 작은 설아는 좀 누그러진 톤으로 묻는다.

"무슨 일 해?"

헬프맨이 되는 건 알고 있지만, 어떤 일을 맡을지 궁금하다.

"양성원에서 영아 생활동 관리."

작은 설아가 인상을 구긴다.

"그래도 노인 돌봄이나 애들 챙기는 것보단 낫잖아."

작은 설아가 고개를 끄덕이며 그 다음 궁금한 것을 묻는다.

"지원이랑은 연락해?"

"응. 근데 바쁘니까."

큰 설아가 고개를 떨군다. 거짓이다. 설아는 오늘 아침 일을 떠올린다.

지원이 복귀했다는 소식을 듣자마자 설아는 밥을 먹는 둥 마는 둥 하고 숙소로 달려갔다. 퇴소 당일에 복귀라니. 서운함도 들었지만, 반가움이 먼저였다.

지원은 짐을 싸는 중이었다. 짐이라고 해도 별게 없었다. 모두에게 똑같이 지급된 저렴한 옷가지와 생필품.

진지한 작별 인사로 지원의 마음을 무겁게 만들고 싶지 않았다. 그래서 평소와 다름없이 틱틱거렸다. 지원이라면 이런 걸로 기분 나빠 하지 않을 테니까.

"그런 건 왜 챙겨? 나가서 새로 사면 되는 거 아냐? 너 스타잖아."

미래인재양성원 동북지역본부 속초지사 16세 여성 53명 중 52명은 모두 헬프맨 등급이었다.

많은 직업이 인공지능과 로봇으로 대체됐지만, 여전히 사람이 필요한 곳이 있었다. 거기서 통상 임금의 65%를 받으며 헬프맨들이 안정적인 노동력을 제공했다. '도움받은 만큼 사회에 도움되는 구성원'이라는 의미의 헬프맨. 하지만 지원은 다를 터였다. 스타 등급이 되면 분야에 상관없이 원하는 것을 마음껏 할 수 있었다. 쓸모 있는 결과물이나 고효율 생산성을 요

구받지 않았다. 설아는 지원의 미래 계획이 궁금했다. 직접 듣고 같이 꿈꾸고 싶었다.

짐을 싸던 지원의 손이 멈췄다. 정적이 오래갔다. 스타 등급이 된 걸 가족들과 축하하고 왔다면 기분이 좋을텐데 힘이 없어 보였다. 지원은 스타 등급이 되면 집을 구해 가족들과 함께 살고 싶어했다. 설아는 손바닥이 간질거렸다.

"나 404로 가."

잠시 생각이 멈췄다. 설아는 자기 기억이 맞는지 워치로 404를 검색했다. 전문인재교육소 4구역 04동. 줄여서 404라고 부르는 전문가 등급의 교육소가 맞았다. 지원이 설아의 표정을 읽은 양 밝은 목소리로 아무렇지도 않게 말했다.

"그렇게 됐어."

그렇게 됐다고? 말도 안 된다고 말하려는 순간 입을 닫았다. 그 말도 안 되는 일의 원흉이 바로 자기 같았다. 그것 말고는 지원이 이렇게 될 이유가 없었다. 함부로 말했다가 살얼음 같은 이 순간이 쫙 깨져버릴 것만 같았다. 지원이 고개를 돌리려 했다. 머리카락이 흔들리며 뒷목 가운데 흰 거즈밴드가 살짝 보였다. 설아가 밖으로 뛰쳐나갔다. 지원의 얼굴을 마주할 용기가 나지 않아서였다.

지원은 괜찮은 척 거짓말을 하고 있었다. 차라리 자기를 탓

했으면 싶었다. 워치 진동이 울렸다. 11시, 퇴소식을 알리는 알람이었다.

"무슨 생각해?"

설아가 정신을 차린다. 앞에는 여전히 스물한 살의 자기가 있다. 남은 시간 9분 14초.

"더 궁금한 거 없어?"

설아가 왼쪽 종료 버튼에 손을 댄다. 스물한 살의 설아와 원룸이 연기처럼 사라지고 백색 대기 화면으로 돌아온다. 설아는 시간 다이얼을 왼쪽으로 최대한 돌린다. 16년 전으로. 나이 0세, 예측 정확도 98%. 생성 버튼에 손을 댄다.

공간이 어두워지며 일렁인다. 숨을 길게 내쉬고 눈을 감는다. 처음과 마찬가지로 속이 울렁거릴 정도로 어지럽다.

밝은 빛이 눈을 찌른다. 곧 자지러지는 아기 울음소리가 들린다. 빛에 적응하지 못한 눈을 가늘게 뜨고 다른 감각을 찾는다. 특별한 냄새나 온도는 느껴지지 않는다. 초점이 잡히자 한가운데 아기 침대가 보인다. 가드 살 사이로 어린 자신이 있다. 천천히 그 곁으로 간다.

아기는 잘 익은 토마토 같다. 조그만 입을 벌리고 악쓰며 운다. 배가 고픈 걸까? 기저귀가 젖었나? 이런 생각이 드는 까닭이 좀 전에 자기가 영아 생활동 관리자로 일한다는 말을 들어서인지, 원래 본인 성향인지, 이 아기가 자신을 98%로 구현해서인지 알 수 없다. 어쩌면 셋이 뒤섞여 작용한 결과일 수도 있고, 그것과 무관한 반응일 수도 있다.

침대 가드에 손을 얹는다. 딱딱한 나무 감촉이 진짜 같다. 꽁꽁 싸맨 아기는 아직 너무 작다. 손을 뻗는다. 손끝이 겉싸개를 스친다. 얼마 전과 똑같은 느낌이다.

"원래 내부 보안이 더 허술한 법이야."

지원이 생활관을 빠져나가며 속삭였다. 사람들은 지원을 모범생으로 여겼지만, 설아는 지원이 그 누구보다도 모험적이라는 걸 잘 알았다. 그래서 지원이 새벽에 자기를 깨워 생일 선물을 주겠다며 겉옷을 입혔을 때, 기대보다는 걱정이 앞섰다. 이 시간에 밖으로 나가면 무조건 벌점이었다. 하지만 지원은 걱정 따위가 전혀 없어 보였다. 지원은 자기와 설아의 위치 정보를 복사한 기기를 각자의 침대에 올려 두고 조용히 복도로 나갔다. 설아는 거침없는 지원이 부러웠다.

지원이 설아를 데리고 도착한 곳은 관리동 지하였다. 도대체 여기서 무슨 선물을 주겠다는 건지 전혀 예상할 수 없었다. 이곳은 원생들 출입이 금지된 외진 곳이었다.

"여기 뚫으려고 내가 몇 주 동안 얼마나 고생했는지 알아?"

지원이 들뜬 목소리로 말했다. 지원은 전국 프로그래밍 대회에서 몇 번이나 우승한 수재였다. 지원이 여섯 자리 숫자를 웅얼거리며 좌우로 늘어선 선반을 워치 불빛으로 훑었다. 설아는 심장이 뛰었지만, 지원의 흥분과는 다른 종류였다. 그곳은 춥고, 어둡고, 습했으며, 먼지도 많고 냄새도 이상했다. 그래도 불평 없이 지원을 좇았다. 어떤 선물일지는 몰라도 평생 잊지 못할 듯했다.

설아가 선물의 정체를 알아챈 건 827401이라는 숫자가 적힌 파란색 상자를 받은 후였다. 지원은 그곳이 기록보관소, 원생들이 들어올 때 기록이 보관된 곳이라고 했다. 원생들은 성인이 된 후 퇴소할 때가 되어야 자기 기록을 볼 수 있었다. 부모가 누구인지, 왜 맡겨진 건지, 다른 혈육이 있는지 등.

지원처럼 유아 때 들어와 가족들과 계속 교류하는 경우도 있었지만, 대부분 기억하지 못하는 아주 어릴 때 맡겨져 자기를 모른 채 살고 있었다. 하지만 이 시스템에 대놓고 불만을 표현하거나 가족을 그리워하는 아이들은 없었다. '최고의 양육, 최선의 미래를 위한 국가의 약속'이라는 미래인재양성원 슬로건이 거짓은 아니었다. 밖에서는 이보다 못한 삶도 많았다.

"네가 이걸 볼 때 같이 있어주고 싶었거든. 그런데 그러긴 힘들 것 같아서 나 있을 때 미리 보라고 준비했어."

부담스러웠다. 크기에 비해 가벼운 상자도, 감동할거라고 굳게 믿고 있는 지원의 표정도. 설아는 미소로 화답했지만, 곧바로 고개를 상자 위로 떨궜다. 각 귀퉁이를 교차해 닫아 둔 상자 입구는 비스듬하게 벌려져 있었다. 아직 이것을 열기에는 너무 떨렸지만 4년 뒤 혼자 열어볼 엄두도 나지 않았다. 지원이 조심스레 제안했다.

"혼자 볼래? 나 좀 떨어져 있을까?"

설아가 고개를 끄덕였다. 지원이 선반들 사이 통로로 사라진 뒤, 설아는 상자를 바닥에 내려놓았다. 먼지가 일며 마른기침이 났다. 상자 외형을 꼼꼼히 살피는 것으로 시간을 벌었다. 가로 25센티미터, 세로 50센티미터 직사각형에 높이는 20센티미터의 얇은 폴리프로필렌 소재였다. 비품 상자로 흔히 볼 수 있는 제품. 설아는 벌려진 입구를 툭툭 건드리다가 확 열어젖혔다.

안에는 신생아용 배냇가운과 겉싸개가 들어 있었다. 배냇가운을 들어 올렸다. 아주 작았다. 이 작은 옷에 몸이 들어가려면 얼마나 더 작아야 할지 상상이 안 갔다. 부드러운 원단이 손바닥을 간질였다. 따뜻한 물에 손을 담근 기분이었다.

겉싸개를 집어 들자 바스락거리는 소리가 들렸다. 젖은 흔적이 있는 A4 출력물이 보였다. 왼쪽 상단의 한설아, 자기 이름이 먼저 눈에 들어왔다. 그 아래로 '김미정'과 '한상범'이 나란히 적혀 있었다. 스물한 살과 서른 살이었다.

그 이름들을 소리 내지 않고 불러봤다. 생각보다 별 느낌이 없었다. 사진이라도 있다면 좀 달랐을까. 상자 안을 다시 살피는데 구석에 이어폰이 보였다. 귀에 꽂자 '디링' 하는 소리가 들렸다. 워치에 4분 11초, 총 길이가 표시된 후 파일이 재생됐다.

숨소리가 들렸다. 침 삼키는 소리, 부스럭거리는 소리.

충분히 기다렸는데도 말이 들리지 않아 2배속을 해야 하나 싶었을 때, 여자의 허스키한 목소리가 들렸다.

"열 번째 녹음을 망치고 나서야 내가 하고 싶은 말이 뭔지 생각해 봤어. 글로 먼저 쓰고 그걸 읽는 게 나을까 해서 적어보려고 했는데 아무 생각도 안 나더라. 그래서 이번에도 그냥 녹음해."

낯선 목소리였다.

"음······. 사실 내가 왜 이런 걸 남기는지 나도 잘 모르겠어."

정적이 흘렀다.

"그날 눈이 많이 와서 택시가 안 잡혔어. 병원까지 걸어가야 했는데 무서웠어. 너무 아팠거든. 처음이고, 혼자였으니까."

설아는 16년 전 오늘을 그려봤다. 양성원에서도 크리스마스는 설레고 즐거운 날이었다. 설아는 자기 생일이 세계적인 기념일인 게 좋았다. 사람들이 자기 때문에 행복해하거나 자기를 축하해주는 게 아니었지만, 그래도 그런 분위기에 휩싸여 특별한 하루를 보내는 게 나쁘지 않았다.

"너를 낳고 생각했어. 니가 행복했으면 좋겠다. 나와 다르게 살았으면 좋겠다. ……. 그런데 사람은 곁에 있는 사람을 닮잖아. 넌 그러지 않았으면 했어."

긴 한숨이 이어폰 속에서 잡음으로 번졌다.

"내 말은, 아무리 발버둥쳐도 우리처럼 살 수밖에 없는 애로 만들기 싫었다는 거야."

미안하다는 소리를 듣고 싶은 건 아니었다. 사랑한다는 말도 기대하지 않았다. 그래도 이런 변명은 최악이었다. 더 들을 필요도 없었다. 헛소리니까. 이어폰을 빼버리고 싶었지만, 손가락 하나 까딱할 수 없었다. 마치 얼음 속에 갇힌 듯 온몸이 차갑게 굳어버렸다.

"다 너를 위해서야."

끝. 4분 11초가 지났다. 말보다 긴 공백이 설아를 비웠다. 설아는 방금 들은 것들을 곱씹었다. 한 단어 단어를, 한숨과 쉼 사이를, 배경으로 들리는 작은 소리들을. 하지만 해석할 수 없는 고대 언어처럼 도저히 의미를 찾을 수 없는 것들이었다. 그것들이 설아를 무자비하게 계속 훑고 지나갔다.

설아가 시간의 흐름을 다시 느낀 건, 어깨를 치는 지원의 손길 때문이었다. 설아는 지원의 질문에 대답하기 어려워 이어폰을 건넸다. 지원이 그 말도 안 되는 것에 귀를 기울이는 동안, 설아는 남은 자기 증명서를 읽었다.

깨알 같은 계약 사항은 눈에 들어오지 않았다. 이해할 수 있는 건 마지막 숫자뿐이었다. 2048년 12월 28일. 수령액 금 50,000,000원. 수령인 김미정 그리고 사인.

눌러 붙은 뒷장을 조심스럽게 떼어냈다. 글씨가 사라진 부분도 있었지만 핵심은 알 수 있었다. 김미정 2049년 1월 1일 자살. 한상범 2049년 1월 2일 대법원 상고기각으로 친권 상실.

피식 웃음이 났다. 현실감이 없어서였다. 이어폰을 뺀 지원의 얼굴이 구겨진 백지처럼 하얗게 질려 있었다. 설아는 지원을 보며 웃었다. 괜찮았다. 다 괜찮았다.

동트기 전, 설아와 지원은 무사히 침대로 돌아왔다. 보관물 827401은 분실됐지만 설아가 찾지 않을 테니 누구도 모를 터였다. 설아는 텔레존에 가고 싶은 마음이 싹 사라졌다. 삶의 이유를 찾는 게 이제 피곤했다. 그날 설아는 깊이 잠들었고, 지원은 한숨도 자지 못했다. 아침이 오면 역량적합성평가가 시작될 터였다.

기억에서 벗어났을 때 설아는 적막을 느낀다. 얼굴이 흐릿한 여성이 아기를 다시 겉싸개에 싸고 있다. 옆에는 뭉쳐진 기저귀가 있다. 설아 손목에 있는 워치와 같은 게 아기 발목에 채워져 있다. 남은 시간 4분 57초.

설아는 대기 화면으로 나간다. 시간 다이얼을 0에 맞춘다. 오늘이다. 예측 정확도는 당연히 100%. 개인 데이터 외에도 공식 기록 데이터가 많은 행사 날이니까. 생성 버튼에 손을 대자 검은 파도가 인다. 세상이 요동친다.

주위가 밝아지고 강당 접이식 의자에 앉아 있는 자기 뒷모습이 보인다. 2시간 전이다. 단상에 선 지원을 보고 있다. 1월 1일, 퇴소자는 한 명이다. 설아는 여전히 지원에게 어떤 말을 해야 할지 생각한다.

이미 외워버린 원장의 원론적인 훈화가 들린다. '우리는 모두 귀하고 소중하다.' 창문을 가득 채운 회색 구름이 보인다. 눈 예보가 있지만 아직 구름만 두텁다. 잔가지가 휙 스쳐간다. 바람이 강하다. 구름은 끝없이 넓어서 움직이는 것 같지 않았다.

"죽고 싶다."

의자에 앉은 설아가 중얼거린다. 워치에 알람이 뜬다.

행사 종료 후 즉시 상담실 방문.

목뒤로 서늘한 기운이 든다. VR 헤드셋과 이어진 철제 부분의 감각이다.

설아는 태도 불량 때문에 생활지도 교사와 상담을 했다. 벌점 대신 텔레존 이용 후 반성문 제출 처분을 받았다. 거울 치료라고 했다. 그게 30분 전 일이었다.

의자에 앉은 설아가 일어나 뒤를 돈다. 눈이 마주친다. 갑자기 주위가 회색 톤으로 변한다. 시간은 3분 00초에 멈춘다. 가상의 설아도 움직이지 않는다. 공간 전체를 울리는 기계음이 들린다.

"자살 의사 감지에 따른 신뢰성 검사를 시작하겠습니다. 3분 동안 자살 의사를 밝힌 자신을 설득해 마음을 돌리시기 바랍니다. 여전히 자살 가능성이 높다고 판단될 시 자살예방주사가 처방됩니다."

"뭐야! 이런 말은 없었잖아."

색이 돌아오고, 죽고 싶다고 말한 설아가 움직인다. 그 설아는 손을 뻗으면 닿을 만한 곳에 멈춘다. 무슨 말을 해도 통하지 않을 단호한 표정이다.

설아는 목 아래가 뻐근하다. 제 마음대로 움직일 수 있는 건 얼굴뿐이다. VR 밖 실제 몸이 무언가에 묶인 것 같다. 화면 속 남은 숫자가 빠르게 줄어든다.

"나 죽고 싶지 않아."

아무 반응이 없다. 설아는 안다. 그 설아 또한 안다. 이것은 거짓이다.

"자살예방주사, 그딴 거 맞고 싶지 않아."

이번에는 진실.

그 설아가 입을 연다.

"왜? 죽고 싶어서?"

당황한 기색을 감추려 하지만 심장이 뛰고 손에 땀이 나는 건 어쩔 수 없다.

"아무튼 싫어."

"그럼 죽고 싶은 마음으로 계속 살겠다는 거야? 아니면, 끝끝내 죽겠다는 거야?"

"살겠다고. 그런 거 안 맞아도 살 테니까 이거 풀어."

그 설아가 웃는다. 다 알고 있는 눈치다. 설아는 다시 한번 항변한다.

"죽고 싶다는 건 그냥 한 말이잖아. 누구나 그런 말 할 수 있잖아. 그리고 내가 말만 했지 정말 죽으려고 한 것도 아니잖아."

맞는 말이다.

"그렇긴 한데 나는 가능성이 높으니까. 그렇게 되기 전에 막자는 거지. 예방 차원에서."

말문이 막힌다. 그 설아도 자신의 기록을 아는 게 분명하다. 왜 이렇게까지? 의문이 든 순간 답이 떠오른다.

'우리는 모두 귀하고 소중하다.'

원장의 그 말이 다른 의미로 다가온다. 건강하고 알맞게 자라 적재적소에 배치되어야 할 소중한 인력 자원. 구역질이 올라온다.

"30초 남았습니다."

주위가 붉어진다. 초시계가 커진다. 그 설아가 붉게 물든 눈을 빛내며 다가와 속삭인다.

"이게 다 나를 위한 거야."

피가 거꾸로 솟는다.

"닥쳐."

설아가 날카롭게 말을 끊는다. 관자놀이가 세차게 뛴다.

"니가 뭔데 그걸 정해?"

설아의 서슬 퍼런 눈빛이 텔레존 속 설아의 붉은 눈을 뚫고 그 넘어까지 이어진다.

설아는 지금껏 노력했다.

뿌리로 붙잡을 게 아무것도 없는 수생식물처럼 떠다닌다고 느꼈어도 살기 위해 노력했다.

설아는 지금껏 노력했다.

무섭거나 아프지 않게, 빠르고 확실하게, 피를 보지 않고 죽는 방법을 찾아 죽기 위해 노력했다.

지금껏 노력했다.

언젠가 살 만한 날도 오지 않을까 희망을 품으며 살아보려고 노력했다.

지금껏 노력했다.

무엇도 사랑하지 않고, 어디에도 마음 주지 않고, 누구에게도 기대하지 않고 죽으려고 노력했다.

노력했다.

나 대신 행복할 사람을 보면서. 살려고.

노력했다.

계속 말하고 다짐하면서. 죽으려고.

끊임없이 살고자 노력했다.

그리고 똑같이 끊임없이 죽고자 노력했다.

그런데 이 한 마디가 그동안의 모든 시간을 무시해버렸다.

'너를 위해.'

어떤 형태로든 간절히 매달려 있던 의지를 잘랐다. 무책임한 과거와 주제넘은 미래가 나타나 필사적으로 묶어 놓은 마음을 후려쳐 날려버렸다. 설아는 그게 몹시 화가 났고, 서러웠다.

"나 살 거야. 아니, 죽을 거야. 다른 사람이 아니라 나를 위해 살고 나를 위해 죽을 거야. 그러니까 멋대로 나를 위한 게 무엇인지 단정짓지 마.”

카운트다운이 시작된다. 붉은 설아가 깜박거린다.

10, 9, 8.

“낳았다고도 하지 마. 내가 태어난 거니까. 키웠다고도 하지 마. 내가 자란 거야. 살렸다고도 하지 마. 내가 살아냈으니까. 그러니까 살지 않는다 해도 그건 내가 하는 거야. 내가 책임질 거니까 더 이상 손대지 마!”

7, 6, 5.

붉은 설아의 몸이 일그러지며 기괴하게 변형된다. 16세에서 38세, 7세에서 29세, 5세와 75세, 49세와 26세. 설아가 알지 못하는 미래와 과거의 자신이 뒤엉켜 처참한 형태를 만든다.

4, 3, 2.

설아는 그것을 보다가 외친다.

“진짜 짜증 나.”

마지막 1초가 사라지고 기계음이 들린다.

“자살 예측도 87%. 자살예방주사에는 충동억제제가 포함되어 있으며, 투여 후 20분 후 효과가 발동됩니다. 감사합니다.”

빛과 소리가 사라진다.

목덜미가 따끔한 뒤 몸을 옥죄던 것이 풀렸다. 사방이 죽음처럼 고요했다.

전류 흐르는 소리와 함께 방에 불이 켜졌다. 설아는 어깨와 목까지 덮은 헤드셋을 벗어 던졌다. 땀범벅이 된 몸이 불쾌했다. 뒷목을 만져보니 살이 부풀어 올라 있었다. 지원의 뒷목, 밴드가 붙어 있던 바로 그 자리였다. 정신이 번쩍 들었다. 지원의 외박이 왜 길어졌는지 안 좋은 상상이 이어졌다. 404에 대해 알려진 것은 거의 없었다. 공식적인 설명은 전문적인 인재를 특별 관리하는 교육소. 같은 말이 품는 다른 의미가 연상됐다. 지원 같은 거침없는 인재를 관리하는 곳일까. 어떻게?

설아는 밖으로 뛰쳐나갔다.

세상이 하얬다. 함박눈이 내리고 있었다. 일기예보가 빗나갔다. 그냥 눈이 아니라 폭설이었다. 이 정도 눈이라면 아직 늦지 않았을 것이다. 지원을 태운 차는 아직 출발하지 못했을 것이다. 빨리 간다면 만날 수 있을 것이다, 시간은 꼭 맞게 흐를 것이다. 설아는 그러길 바랐다.

발이 눈에 푹푹 빠졌다. 차가운 공기가 폐를 찌르고 입김이 하얗게 터져 나왔다. 설아는 지원에게 할 말을 떠올렸다.

'너 쟤 이름이 왜 울산바위인지 알아?'

시작은 이럴 것이다. 그 다음 말은 아직 정하지 않았다. 하지만 마지막은 확실했다.

워치가 소복하게 쌓인 눈속으로 툭, 떨어졌다. 벗겨낼 때 생긴 생채기가 손에 붉은 길을 만들었다. 오랫동안 드러나지 않았던 손목이 가늘고 하얬다. 상처는 괜찮았다. 아물 테니까.

설아는 달렸다. 심장이 두근댔다. 아무도 측정할 수 없는 마음이 강하게 뛰었다. 흰 세상에 설아의 검은 발자국이 점점이 찍혀 나갔다.

설아는 자기 안에 있는 많은 말들을 따라 갈 것이다. 한번 터져 나온 말들은 멈추지 않고 계속 쏟아질 것이다. 설아는 지원에게 가장 좋은 말을 건넬 것이다. 억제할 수 없는 충동을 느끼게 할 살아있는 말을 건넬 것이다.

거대한 바위 산이 눈에 들어왔다.

설아는 지원이 대답을 기대하면서 기대하지 않았다. 대신 지원과 함께 바위산을 오르는 자기를 그렸다. 아주 선명한 말로 하나하나 세밀하게 끝까지.

드디어 눈앞에 지원이 보였다. 설아가 지원을 불렀다.

강원 이야기

태백

한강과 낙동강과 오십천, 3대강의 발원지

서른 살 무렵 새로 사귄 친구 고향이 태백이었다. 그가 말했던 태백을 기억나는대로 요약해보자면 눈이 많이 오고, 춥고, 특별한 게 없는 곳이었다. 그런데 어느 날, 그는 다니던 회사를 그만두고 커피숍을 하겠다며 고향으로 내려갔다. 주변에서 모두 말렸지만 그는 망설임 없이 실행에 옮겼다.

잦은 야근과 불규칙한 생활로 점철된 서울과 달리 태백은 한적하고 평화로워 보였다. 하지만 2년도 안 돼서 그는 다시 서울로 올라왔다. 유동인구가 너무 적어 계속 적자라고 했다. 다행히 인수자를 찾아 커피숍을 넘겼다. 다음 사람은 돈 벌 목적이 아니라 작업실로 쓸 조용한 곳을 찾은 거였다. 친구가 다시 서울로 온 것은 좋았지만, 귀향의 꿈이 깨진 것은 안타까웠다.

몇 년 후 나는 백두대간협곡열차 V-train을 타고 철암역을 찾았다. 탄광으로 번성했던 시절을 그대로 보존하고 복원해 관광지로 꾸민 곳이었다. 1960년대 외관과 대비되는 현대적 설치미술 작품, 아기자기한 전시물이 인상적이었다. 당시에는 철암이 그저 강원도 어딘가에 있으리라 생각했는데, 태백시에 속한다는 사실을 이번에 알게 됐다.

리서치 과정에서 가장 흥미로웠던 이야기는 세 강의 발원지가 태백에 있다는 점이었다.

태백시 화전동 삼수령에 내린 비는 세 개의 강으로 나뉘어 흐른다. 서쪽 경사면으로 흐르면 한강, 남쪽으로는 낙동강, 동쪽은 삼척 오십천이 된다. 이 삼수령을 '피해 오는 고개'라는 뜻인 '피재'라고도 부르는데, 옛날부터 태백의 황지 지역이 도참설에 의해 이상향으로 여겨져서 어수선한 시절마다 삼척 사람들이 이 고개를 넘어 피난 왔다고 한다.

서쪽으로 흐른 삼수령의 빗방울은 한강의 발원지인 검룡소와 만난다. 검룡소 길이는 약 20m로 크지 않지만, 사계절 9℃

를 유지하는 지하수가 하루 2,000~3,000톤씩 솟아난다. 이 물이 남한강의 발원이 되어 500km 이상 흐른다.

독특한 자연경관에는 늘 전설이 따르기 마련이고, 검룡소는 이름에서 알 수 있듯 용에 관한 전설이 있다.

옛날 서해에 살던 이무기가 용이 되고자 한강을 거슬러 올라와 적당한 장소를 찾아 헤매다가 검룡소를 발견했다. 하지만 검룡소 앞 거대한 바위 때문에 안으로 들어가는데 애를 먹어 발톱으로 할퀴었고, 그 자국이 아직도 남아 있다고 한다. 안타깝게도 이무기는 용이 되지 못했고, 물을 마시러 오는 가축들을 잡아먹었다. 이에 화가 난 동네 사람들이 연못을 메워버렸다. 이무기 입장에서는 슬픈 결말이 아닐 수 없다.

'용'은 세계 어디에서나 신화나 전설의 중요한 존재로 등장한다. 우리나라도 용을 신성하게 여기는 풍습이 남아있다. 조선전기 학자 최세진이 어린이들의 한자 학습을 위해 1527년 간행한 교재 『훈몽자회(訓蒙字會)』에는 '龍(용)'자가 '미르룡'으로 적혀 있다. '미르'는 물(水)의 옛말 '믈'과 상통하는 말인 동시에 '미리(豫)'의 옛말과도 밀접한 관련이 있다고 여겨진다. 용이 등장하는 문헌, 설화, 민속 등을 보면 용은 반드시 어떠한 미래를 예시해주기 때문이다.

미르, 즉 용을 지칭하거나 용과 관련된 말로는 '이무기', '이시미', '영노', '꽝철이', '바리' 등이 있다.

'이무기'는 일반적으로 용이 되려다 실패한 특별한 능력을 지닌 뱀을 뜻한다. 깊은 물속에 사는 큰 구렁이로 상상되었는데, 이 이무기가 천 년을 묵으면 용이 되어 하늘로 오른다고 전해진다. 그런데 재미있는 점은 이무기가 승천할 때, 본 사람이 어떻게 여기고 뭐라고 말 하냐에 따라 정체성이 결정된다는 것이다. 하늘의 신성한 용이 되거나, 땅의 미천한 뱀으로 남거나.

검룡소와 이무기 전설을 중심으로, 서로 다르지만 보완되는 특별한 능력을 지닌 두 소녀가 서로의 첫 친구가 되는 과정을 성장 모험담으로 써보고 싶었다.

처음 구상한 이야기에서는 지안이 주인공이었다. 크게 밝은 뫼, 태백산 무녀 가문 후계자이지만 파티시에가 되고 싶은 지안이 유학 자금을 모으기 위해 선우를 괴롭히는 목소리의 본체를 우유 팩에 담고, 그 한을 풀어준다는 내용이었다.

선우와 지안이 본격적으로 활약하는 다음 이야기도 세상에 나올 수 있길 바라며, 태백에 가면 한국의 물 줄기가 시작되는 지점인 삼수령과 검룡소도 들려 보시는걸 추천한다.

횡성

호수에 가라앉은 기억

지도 앱에서 강원도의 유명 호수가 어디 있나 찾다가 규모가 꽤 커 보이는 '횡성호'가 눈에 들어왔다. 횡성하면 한우 정도밖에 몰랐기에 이번 기회에 횡성에 가보기로 했다.

횡성호는 2000년 횡성댐 완공과 함께 만들어진 인공호수다. 호수를 중심으로 총 31.5km, 6개 코스의 횡성호수길이 조성되어 있는데, 그중 5구간 가족길은 횡성호 둘레 9km를 도는 코스다. 늦가을에 가서 그런지 호수보다는 출발지 '망향의 동산'에 있는 전시관이 인상 깊었다.

전관에는 횡성의 유래와 역사, 수몰된 중금리·부동리·화전리·구방리·포동리 마을의 이주민 현황, 토지 현황, 마을 사진과 설명, 민속문화와 풍습, 수몰된 화성초등학교 연혁, 플라스틱으로 만든 망향제 제단 등이 있었다. 이곳을 둘러보고 난 후 2019년의 아랄해가 떠올랐다.

아랄해라는 이름은 직역하면 '섬바다' 혹은 '천개 섬의 바다'라는 뜻인 고대 튀르크어 '아랄 딩기즈'에서 유래되었는데, 실제로 면적 1ha 정도의 섬 1,000여 곳이 호수에 있었다고 한다.

아랄해는 우즈베키스탄의 카라칼파스탄 자치공화국과 카자흐스탄의 크즐오르다 주 사이에 있는데, 한때 세계에서 네 번째로 큰 호수였다. 총면적 68,000km², 평균 깊이 16m로 남한 면적의 3분의 2에 달했다. 하지만 1960년대부터 소련이 목화를 대량 재배하기 위해 아랄해로 유입되던 아무다리야 강과 시르다리야 강에 댐을 쌓으면서 문제가 시작됐다. 유라시아 대륙 한복판 사막에 위치한 아랄해는 오직 이 두 강에서 유입되는 물로만 유지되고 있었기 때문이다.

물 유입이 크게 줄어들면서 아랄해는 급격히 축소되기 시작했다. 호수가 줄어들자 주변 기후가 변했고, 염도가 3배 가까이 올라갔으며, 목화 재배용 화학 비료와 살충제로 물과 땅이 심각하게 오염됐다. 연간 40,000톤에 달했던 어획량은 2006년

20톤으로 급감했고, 관련 일자리 6만 개가 사라져 주민들은 고향을 떠나야 했다. 옛 항구도시 무이나크에는 모래사막 위에 녹슨 어선들만 휑하게 남아 있었다.

물에 잠긴 횡성호와 물이 마른 아랄해를 보며 균형을 잃은 인간에 대해 생각했다. 「소실」은 '망(望)', 잃어버린 것, 다시 찾지 못하는 것, 내가 버린 것, 돌이킬 수 없는 것을 바라는 이야기다. 횡성호와 아랄해의 가라앉음과 드러남이 치매와 비슷하다는 생각이 들었고, 물질적 가치를 추구하던 사람이 노년이 되어 과거로 돌아가 정신적 가치를 선택하고자 하는 욕망을 그리고자 했다.

그 배경이 된 인피티니 타운은 이전 작품집 『내가방에두고싶은 판타지아』의 단편소설 「춤 춤」의 배경이었던 고급노인요양시설의 미래 모습이다. 「춤 춤」은 인피니티 타운에서 거주자의 가족 역할 대행 아르바이트를 하는 주인공이 휴머노이드에게 일자리를 빼앗기는 이야기였는데, 「소실」에서는 인피니티 타운이 케어 서비스 제공자로 사람을 다시 기용했지만, 그들의 감정까지 컨트롤하는 더 큰 규모로 발전했다.

강원도 지역을 다닐 때 개발 찬성 현수막 바로 옆에 개발 반대 현수막이 붙어 있는 곳을 여러 번 봤다. 둘 중 무엇이 맞다고 단언할 수는 없지만, 어떤 선택은 돌이킬 수 없으며 그 결과가 미래에 큰 영향을 준다는 사실이 아랄해를 본 후 더 크게 와 닿았다.

횡성에 간다면 횡성호뿐만 아니라 루지를 타보는 것도 추천한다. 횡성 루지는 터널길이 생기며 폐쇄되고 방치되었던 관동옛길인 국도를 재활용했다. 일자 코스는 2.4km로 세계 최장이며, S자 코스는 일부러 만든 게 아닌 실제 도로 그대로다. 루지는 처음 타 봤는데 꽤 스릴있고 재미있었다. 또한 근처 안흥 찐빵도 꼭 맛보시기 바란다. 그리고 횡성호에 가면 사라진 고향을 기리는 전시관도 둘러 보시고 가라앉은 기억이 무엇인지 떠올려 보는 시간도 가져보시면 좋겠다.

양구

6.25사변 전에는 북한 땅이었던 곳

우리 외조부모님의 고향은 함경남도 고원군 수동면 미둔리로 추정된다. 두 분 모두 돌아가셔서 직접 여쭤볼 수 없기에 추정이라는 표현을 쓸 수밖에 없다. 그나마 이렇게 추정할 수 있는 근거는 외할머니의 오빠가 아동문학 작가 '강소천'이셨고, 그분에 대한 기록이 남아 있기 때문이다. 외할머니의 고향은 거의 확실하고, 외할아버지도 그 근처 어디가 아닐까 짐작해 본다. 두 분이 중매로 결혼하셨다는 것은 기억하고 있으니, 아주 먼 곳에 사시지는 않았을 것 같다. 외할아버지는 내가 중학생 때 돌아가셨고, 외할아버지의 형님과 누이 동생은 그보다

대략 20년을 더 사시다가 몇 년 전 같은 요양원에서 1년 차이로 세상을 뜨셨다.

외할아버지와 외할머니는 1920년대 생으로 조선시대 말기와 일제강점기, 해방, 6.25전쟁까지 말 그대로 격동의 시기를 살아오셨다. 놀라운 건 이게 불과 3대 전의 일이라는 점이다. 그런데 나는 왜 그 참상을 역사책 속 글자로만 기억하고 있는 것일까?

내가 두 분께 들었던 이야기는 이북 고향 땅에서 가족이나 친구들과 함께한 즐거운 추억들뿐이다. 고생한 이야기를 들은 기억은 많지 않다. 부산으로 피난 가서 국밥집을 하셨다는 것과 서울에 올라와 조카를 데리고 사셨었다는 이야기 정도 랄까. 이제는 흐릿해진 그 이야기들이 아쉽다.

양구 지역을 선택한 이유는 금강산으로 가는 길 첫 고을이라는 소개 때문이었다. 1592년 새로 부임한 감사가 이곳을 지나다가 아름드리 수양수림(垂楊樹林), 즉 수양버들 숲을 보고 양구(楊口)라고 한 것이 계기가 되어 오늘까지 그 이름을 쓰고 있다.

나도 그 감사처럼 양구를 통해 금강산에 갈 수 있다면 좋겠지만, 대신 국가숲길로 지정된 양구의 DMZ펀치볼둘레길을 걸었다.

'펀치볼'이라는 이름이 굉장히 낯설었는데, 해안면의 해발 400~500m의 고지대에 움푹 꺼진 분지가 마치 화채 그릇(Punch Bowl) 같아서 붙여진 이름이라고 한다. 아마도 6.25 전쟁 때 미군이 그렇게 불렀던 게 지금까지 이어진 모양이다.

여기에는 470여 가구 1,700여 명이 산다. 우리나라에서 유일하게 민간인 출입통제선 안에 위치한 면이며, 6.25 전쟁 때 펀치볼 전투, 도솔산 전투, 가칠봉 전투가 벌어졌던 격전지다. 지금도 곳곳에 '지뢰'라는 푯말이 보이는 곳으로, 휴전 국가의 현실을 생생하게 느낄 수 있는 곳이다.

펀치볼과 대암산은 전쟁 후 민간인 출입이 통제되면서 자연환경이 온전히 보존되어 왔다. 천연기념물 열목어, 개느삼을 비롯해 금강초롱, 흰비로용담, 날개하늘나리, 해오라비난초, 끈끈이 주걱 등 이루 헤아릴 수 없이 많은 희귀 동식물이 서식한다. 또한 해발 1,300m 대암산 정상 부근에 있는 남한 유일의 고층습원인 '용늪'은 수천 년의 생태계 변화를 간직한 곳이다.

숲해설사에게 들은 이야기 중 기억에 남는 것은 해안면 마을이 1945년 38도선에 따라 공산치하에 들어갔다가, 1950년

6.25전쟁 중 수복된 땅이라는 점이었다. 당시 주인 없는 집들이 생겼고, 국가에서 이주를 권장했다고 한다. 모든 집 대문이 북쪽으로 나 있는데, 이는 북한에게 우리는 이렇게 잘 산다는 것을 보여주기 위해서였다. 이에 맞서 북한에서는 대남 방송을 많이 했다고 한다.

또 인상 깊었던 점은 일본 식물학자 '나카이 다케노신'에 관한 일화였다. 그는 1908년부터 1952년까지 새로운 식물을 찾아 한반도 전역을 다녔다. 나카이는 한반도 토종식물을 세계 식물학계에 보고했다. 그 결과 우리나라 토종식물 527종 중 나카이란 이름으로 학계에 등록된 학명이 무려 327종, 약 62%다.

특히 양구군의 마스코트이자, 전 세계에 딱 두 종만 있는 한국 대표 고산식물 금강초롱도 나카이다. 하나부사야 아시아티카 나카이(Hanabusaya asiatica Nakai). 한일합방 주역인 '하나부사'가 붙었고, 자생지도 코리아가 아닌 아시아라고 지정됐다.

「즐거운 항해일지」는 제국주의, 나아가 인간중심 사고에 반대하는 입장의 이야기다. 이름 짓는 자와 이름 지어진 자의 관계, 자신의 문화나 가치를 타 문화에 강요하는 태도 등 내 기준으로 생각하는 것이 상대에게 얼마나 큰 폭력이 될 수 있는지를 보여주고 싶었다.

이 소설은 이전 작품집 『내가방에두고싶은 판타지아』의 단편소설 「요람의 괴물」의 전편이다. 「요람의 괴물」은 지구라는 요람을 떠나는 괴물들의 이야기이고, 「즐거운 항해일지」는 이 괴물들이 어떻게 탄생했는가에 관한 이야기다.

인간을 너무 부정적으로만 본 게 아닌가 싶지만, '우리'라는 이름 안에서는 우리가 얼마나 잔인해질 수 있는지 우리 모두 알지 않을까 싶다.

속초

금강산에 못 갔다니! 너무 속상해

속초가 '묶을 속(束)'과 '풀 초(草)' 자를 쓰게 된 데에는 두 가지 전설이 있다. 하나는 영금정에 관한 것이고, 다른 하나는 울산바위와 관련된 것이다. 울산바위 전설은 다음과 같다.

조물주가 금강산에 봉우리 일만이천개를 만들 계획으로 전국에 잘생긴 바위는 모두 금강산으로 모이라고 했다. 울산 땅에 있던 큰 바위도 금강산으로 길을 떠났는데, 워낙 육중하여 어쩔 수 없이 하루를 쉬었다. 다음 날 다시 길을 떠나려고 했으나, 그 때는 이미 금강산 일만이천봉이 완성된 뒤였다. 바위는 어쩔 수 없이 그곳에 머물게 되었고, 사람들은 그 바위를 울산바위라고 불렀다.

　시간이 흘러 설악산을 구경 온 울산 고을 원님이 울산바위를 보고 신흥사 스님에게 저것은 원래 제 고을의 바위이니 지세를 내라고 했다. 스님은 해마다 지세를 내다가 형편이 어려워져 원님에게 바위를 다시 울산으로 가져가라고 말했다. 원님은 재를 꼰 새끼로 바위를 묶어주면 가져가겠다고 했다. 이에 꾀 많은 어린 스님이 청초호와 영랑호 사이에 자라는 속새풀로 새끼를 꼬아 울산바위를 동여맨 후 불에 태워 재로 꼰 새끼처럼 만들었다. 그것을 본 원님은 더 이상 지세를 내란 말도, 바위를 가져가겠다는 말도 하지 않았다. 그 일이 있고 난 후 청초호와 영랑호 사이 지명이 한자로 '묶을 속', '풀 초'자를 쓰는 지금의 '속초'가 된 것이다.

　울산바위 이야기는 어릴 때 텔레비전 만화 프로그램에서 본 기억이 난다. 하지만 울산 고을 원님이 돈을 내라고 행패 부린 부분은 기억에 없다. 나는 매번 울산바위 설화를 들을 때마다 금강산에 못 간 그 친구가 매우 안타까웠다. 얼마나 몸집이 컸으면 중간에 쉬었어야 했을지 궁금했다. 그래서 이번 기회에 울산바위를 직접 보러 가기로 했다.

　신흥사 근처에 있는 설악케이블카는 해발 700m 정상인 권금성 구간을 왕복하는 것으로, 그곳에 올라가면 멀리 동해 바다와 울산바위, 토왕성 폭포 등 웅장하고 아름다운 경관을 볼 수 있고, 에델바이스를 비롯한 각종 희귀한 식물을 관찰할 수 있다고 안내되어 있었다. 하지만 모든 일이 뜻대로 되지 않는 법. 내가 간 그 날은 안개가 자욱했다. 올라가도 아무것도 보이지 않으니 참고하라는 안내가 있을 정도였다. 그래도 왔으니 케이블카를 타고 올라갔다.

권금성에 도착해 우측 계단을 따라 10분 정도 올라가면 정상인 봉화대가 있고, 그 꼭대기에 올라서면 갖가지 기암괴석들을 볼 수 있다고 했는데, 역시나 아무 것도 볼 수 없었다.

경관 대신 경사진 바위에 앉아 올라오는 사람들을 구경했다. 그중 한 아이가 눈에 띄었다. 아이는 바위 비탈을 손으로 짚고 기는 자세로 멈춰 있었다. 경사가 30도 이상으로 좀 가파르긴 했지만, 넓적한 바위들이 많고 낭떠러지는 저 멀리 있어 매우 안전한 곳이었다. 아이의 부모와 동생은 이미 위로 올라갔고, 밑에 있는 아이에게 빨리 올라오라고 재촉했다. 아이는 무섭다며 울었다. 부모는 뭐가 무섭냐며 호통쳤고, 아이의 울음은 커져갔다. 근처에 있던 노부부가 아이 부모에게 한마디 했다. 그만 하라고. 애가 무섭다는데 왜 그러냐고.

부모는 여기까지 왔는데 멋진 풍경도 보고 더 많이 즐기길 바랐을 것이다. 아니면 극기심을 키워주고 싶었는지도 모른다. 하지만 아이는 그저 싫었던 모양이다. 혹시 고소공포증이 있던 게 아니였을까?

「설」은 '아톰 세계의 모든 게 비트로 치환되면 미래를 완벽하게 예측할 수 있을까?'라는 질문에서 출발했다. 이런 소재의 이야기는 예전부터 많았다. 울산바위에서 떠오른 또 다른 질문은 '자기가 바라는 이상향에 절대 닿을 수 없는 미래를 알게 됐을 때 어떤 희망으로 현재를 살아야 할까?'였다.

결정론과 자유의지론, 오래된 철학적 질문이다. 나는 결정론 보다 자유의지론을 믿고 싶다. 하지만 어렵다. 외부보다 나 자신, 내부를 믿는 게 더 어렵고 힘들다. 내가 나를 볼 수 없어서 인 것 같다.

울산바위는 금강산에는 못 갔지만 속초까지는 왔다. 움직인 것도, 멈춘 것도 그의 뜻이라면 된 것 아닐까. 내가 그의 선택을 아쉬워할 필요는 없을 것이다. 울산바위는 금강산에 못 갔다고 속상해하지 않았을지도 모른다.

다음에 만나면 꼭 물어 볼 것이다. 그리고 나도 말해줄 것이다. 내가 지금 어디에 어떻게 있는지. 그리고 이 자리에서 내 마음이 어떤지도.

참고자료

1. 단행본

- 권명아 지음, 『가족이야기는 어떻게 만들어지는가』, 책세상, 2000.

- 권혁진 지음, 『조선의 핫플레이스 : 강원의 명소』, 산책, 2023.

- 권혁진, 정원대 지음, 『사찰기행 : 불교 유산을 찾아서』, 산책, 2024.

- 김영규, 김남덕, 이학주, 김시동, 박병문, 진용선, 엄경선, 류제원, 남동환 글 사진, 『강원도 오래된 미래』, 산책, 2021.

- 김정민 지음, 『샤먼 바이블 : 인류 문명과 종교의 기원을 찾아서』, 글로벌콘텐츠, 2023.

- 남성현 지음, 『2도가 오르기 전에 : 기후위기의 지구를 지키기 위해 알아야 할 모든 것』, 비전비엔피, 2021.

- 데이비드 A. 싱클레어(David A. Sinclair), 매슈 D. 러플랜트(Matthew D. LaPlante) 지음, 이한음 옮김, 『노화의 종말 : 하버드 의대 수명 혁명 프로젝트』, 부키, 2020.

- 디르크 슈테펜스(Dirk Steffens), 프리츠 하베쿠스(Fritz Habekuß) 지음, 전대호 옮김, 『인간의 종말 : 여섯 번째 대멸종과 인류세의 위기』, 해리books(해리북스), 2021.

- 랜덜 피츠제럴드(Randall Fitzgerald) 지음, 신현승 옮김, 『100년 동안의 거짓말 : 식품과 약이 어떻게 당신의 건강을 해치고 있는가?』, 시공사, 2007.

- 마크 라이너스(Mark Lynas) 지음, 이한중 옮김, 『6도의 멸종 : 기온이 1도씩 오를 때마다 세상은 어떻게 변할까?』, 세종서적, 2014.

- 수전 그린필드(Susan Greenfield) 지음, 정병선 옮김, 『브레인 스토리』, 지호, 2004.

- 에릭 마커스(Eric Marcus) 지음, 정지현 옮김, 『왜 자살하는가 : 자살에 대해 차마 묻지 못했던 모든 질문과 답을 담은 책』, 책비, 2015.

- 엘리자베스 워런(Elizabeth Warren), 아멜리아 워런 티아기(Amelia Warren Tyagi) 지음, 주익종 옮김, 『맞벌이의 함정 : 중산층 가정의 위기와 그 대책』, 필맥, 2004.

- 엘리자베스 콜버트(Elizabeth Kolbert) 지음, 이혜리 옮김, 『여섯 번째 대멸종』, 처음북스, 2014.

- 이학주 지음, 『양구사람들의 마을신앙』, 양구문화원, 2021.

- 자앙리 앙리 파브르(Jean-Henri Fabre) 지음, 조은영 옮김, 『파브르 식물기』, 휴머니스트출판그룹, 2023.

- 종합케이센터 선빌리지 지음, 박규상 옮김, 『노인이 말하지 않는 것들』, 시니어커뮤니케이션, 2006.

- 최평순, 다큐프라임 <인류세> 제작팀 지음, 『(EBS 다큐프라임) 인류세 : 인간의 시대』, 북하우스 퍼블리셔스, 2020.

- 카토 신지(加藤伸司) 지음, 박규상 옮김, 『치매와 마주하기 : 치매에 걸리면 왜 이상한 행동을 하는 걸까?』, 시니어커뮤니케이션, 2007.

- 케이트 크로퍼드(Kate Crawford) 지음, 노승영 옮김, 『AI 지도책 : 세계의 부와 권력을 재편하는 인공지능의 실체』, 소소의책, 2022.

2. 영화 · 다큐멘터리

- BBC 다큐멘터리, 『스티븐 호킹의 새로운 지구를 찾아서(Expedition New Earth)』, 2부작, 2017, 영국.

- 넷플릭스 다큐멘터리, 『블랙홀: 사건의 지평선에서(The Edge of All We Know)』, 2020, 미국.

- 다니엘 에스피노사, 『라이프(Life)』, 2017, 미국.

- 데이빗 핀처, 『에이리언3(Alien 3)』, 1992, 미국.

- 데이빗 지러, 리들리 스콧, 『에이리언즈 원(Alien One)』, 1979, 미국.

- 리처드 글랫저, 워시 웨스트모어랜드, 『스틸 앨리스(Still Alice)』, 2014, 미국.

- 마이클 크라이튼, 『이색지대(Westworld)』, 1973, 미국.

- 마티아스 히더, 『프리 크라임(Pre-Crime)』, 2017, 독일.

- 스티븐 소더버그, 『솔라리스(Solaris)』, 2002, 미국.

- 안드레이 타르코프스키, 『솔라리스(Solyaris)』, 1972, 러시아.

- 알렉스 가랜드, 『서던 리치: 소멸의 땅(Annihilation)』, 2018, 영국.

- 이반 라이트만, 『고스트바스터즈(Ghost Busters)』, 1984, 미국.

- 이반 라이트만, 『고스트 바스터즈 2(Ghost Busters Ii)』, 1989, 미국.

- 제임스 카메론, 『에이리언 2(Aliens)』, 1986, 미국.

- 프란시스 포드 코폴라, 『지옥의 묵시록(Apocalypse Now)』, 1979, 미국.

- 피터 위어, 『트루먼 쇼(The Truman Show)』, 1998, 미국.

- 찰리 카우프만, 듀크 존슨, 『아노말리사(Anomalisa)』, 2015, 미국.

3. 강의·강연

- KAOS, 「2025 카오스강연 시즌1 전지적 지구 시점」, 2025. 05. 07. ~ 2025. 09. 03. (총 18회차)

- 인천문화재단, 「한국근대문학관-인천대학교 인문학연구소 협력 강좌 <인천 인문학 산책> '한국의 민속신앙, 무속」, 2025. 05. 15. ~ 2025. 06. 12. (총 5회차)

4. 웹페이지

- 강원특별자치도 누리집 https://state.gwd.go.kr/portal

- 국가숲길 DMZ펀치볼둘레길 https://www.foresttrip.go.kr/indvz/main.do?hmpgId=ID05030002

- 국립공원공단 – 설악산국립공원 https://www.knps.or.kr/front/portal/visit/visitCourseMain.do?parkId=120400&menuNo=7020093

- 나무위키 – 아랄해 https://namu.wiki/w/%EC%95%84%EB%9E%84%ED%95%B4

- 산림청 국립수목원 https://kna.forest.go.kr/kfsweb/kfs/subIdx/Index.

do?mn=UKNA

- 속초시 누리집 https://www.sokcho.go.kr/sc/portal

- 설악 케이블카 https://www.sorakcablecar.co.kr/

- 양구군청 누리집 https://www.yanggu.go.kr/

- 양구안보관광지 통합예약 https://stour.ticketplay.zone/portal/index

- 영원한 어린이의 벗 - 강소천 웹페이지 http://www.kangsochun.com/kor/main/index.php

- 태백관광 https://tour.taebaek.go.kr/tour

- 태백시 누리집 https://www.taebaek.go.kr/www/index.do

- 태백시 스마트 관광 전자지도 https://taebaek.dadora.kr/

- 한국민족문화대백과사전 https://encykorea.aks.ac.kr/

- 횡성군청 누리집 https://www.hsg.go.kr/www/index.do

- 횡성 루지 체험장 https://luge.hsg.go.kr/kor/company/menu_01.html

- 횡성여행 https://www.hsg.go.kr/tour/index.do

- SkyeDaily 「개나리·금강초롱 토종식물 학명에 스민 일제침략 흔적」, 2019.03.25., https://www.skyedaily.com/news/news_spot.html?ID=83083

창작에 도움주신 분들 (가나다 순)

고호관	김기홍	김상국	김상래	김소연	김신희	노희준
민중원	박세훈	원미경	이서영	이호진	정유정	정은영
최은혜	하상훈	하정주	황동욱	황아일		

원(願) : 강원 테마 소설집
UMZIPS Vol. 03

2025년 11월 30일 초판1쇄 인쇄 펴냄

지은이 김윤지
펴낸이 김미화
펴낸곳 칼론
출판신고 2023년 8월 10일 (제2023-000051호)
주소 (05377) 서울특별시 강동구 풍성로51길 3, 4층(성내동)
연락처 010-3117-8936
기획 엄지크리에이티브랩
마케팅 김민경
디자인 박찬미
교정교열 프루프 앤
삽화 홍영훈, 위해린, 장하훈, 김다호
북트레일러 김민경, 민중원

© 김윤지, 2025
ISBN 979-11-985337-5-3   03810

이 책은 강원특별자치도, 강원문화재단 후원으로 발간되었습니다.

2024년 집필 공간을 제공해 주신 서울 프린스호텔 [소설가의 방] 레지던시 프로그램과
토지문화재단의 [국내 문인 창작실] 지원사업에 감사드립니다.

2025년 집필 공간을 제공해 주신 서울문화재단 [연희문학창작촌], 부악문원 창작레지던스,
한국문화예술위원회 [문학창작실이용지원사업]에 감사드립니다.